O ABISMO INVERTIDO

Adriano Schwartz

O ABISMO INVERTIDO

Pessoa, Borges e a inquietude do romance
em *O ano da morte de Ricardo Reis*,
de José Saramago

prefácio:
Alcir Pécora

EDITORA GLOBO

Copyright © 2004 by Adriano Schwartz

Todos os direitos reservados. Nenhuma parte desta edição pode ser utilizada ou reproduzida – em qualquer meio ou forma, seja mecânico ou eletrônico, fotocópia, gravação etc. – nem apropriada ou estocada em sistema de bancos de dados, sem a expressa autorização da editora.

Preparação: Ricardo Jensen de Oliveira
Revisão: Eugênio Vinci de Moraes e Maria Sylvia Corrêa
Capa: Daniel Trench, sobre *Idéia visível* (1956), de Waldemar Cordeiro, tinta e massa sobre madeira, 1m X 1m. Coleção Adolpho Leirner

Dados Internacionais de Catalogação na Publicação (CIP)
(Câmara Brasileira do Livro, SP, Brasil)

Schwartz, Adriano
O abismo invertido : Pessoa, Borges e a inquietude do romance em O ano da morte de Ricardo Reis, de José Saramago ; Adriano Schwartz ; prefácio Alcir Pécora. – São Paulo : Globo, 2004.

Bibliografia
ISBN 85-250-3892-X

1. Borges, Jorge Luis, 1899-1986 – Crítica e interpretação 2. Intertextualidade 3. Pessoa, Fernando, 1888-1935 – Crítica e interpretação 4. Romance português – História e crítica 5. Saramago, José, 1922-. O ano da morte de Ricardo Reis – Crítica e interpretação I. Pécora, Alcir. II. Título.

04-3709 CDD-869.309

Índice para catálogo sistemático:
1. Romance : Literatura portuguesa : História crítica 869.309

Direitos de edição em língua portuguesa para o Brasil adquiridos por Editora Globo S. A.
Av. Jaguaré, 1485 – 05346-902 – São Paulo – SP
www.globolivros.com.br

SUMÁRIO

Agradecimentos 9

Prefácio 11

CAPÍTULO 1 — A po(r)ética 21

CAPÍTULO 2 — Vendo vozes 29
    O valor do intertexto 31
    Estilo e narrador 41
    Gênese e fortuna 48

CAPÍTULO 3 — Uma (quase) inversão de Pessoa: Reis perde
    (e reconquista) a coroa 55
    Ricardo Reis e Ricardo Reis 56
    Lídia e Ricardo Reis 68
    Marcenda e Ricardo Reis 76
    Fernando Pessoa e Ricardo Reis 81

CAPÍTULO 4 — Uma (completa) inversão de Pessoas: Reis volta
    (porque quis) a perder a coroa 87
    Diante da lei: o jogo da ficção na ficção ... 90

O rompante imaginativo 112
Borges e as entranhas da ficção 118
Primeira aproximação 121
Segunda aproximação 126
Xeque-mate? Primeira síntese
  interpretativa 148

CAPÍTULO 5 — Sempre a glosa da glosa 161
As múltiplas duplicações 162
O "método crítico" de José Saramago 165
E o jogo continua 171

Bibliografia 175

"Porque eu sou do tamanho do que vejo
E não do tamanho da minha altura."
ALBERTO CAEIRO

"Da Perfeição segui em vã conquista,
Mas vi depressa, já sem a alma acesa,
Que a própria idéia em nós dessa beleza
Um infinito de nós mesmos dista."
FERNANDO PESSOA

"Fui outro durante muito tempo — desde a
nascença e a consciência —, e acordo agora no
meio da ponte, debruçado sobre o rio, e sabendo
que existo mais firmemente do que fui até aqui."
BERNARDO SOARES

"E quem me olhar, há de me achar banal,
A mim e à minha vida..."
ÁLVARO DE CAMPOS

"Terei razão, se a alguém a razão é dada,
Quando me a morte conturbar a mente
E já não veja mais
Que à razão de saber porque vivemos
Nós nem a achamos nem achar se deve,
Impropícia e profunda.
Sábio deveras o que não procura,
Que encontra o abismo em todas as coisas
E a dúvida em si mesmo."
RICARDO REIS

Agradecimentos

ESTE LIVRO TRAZ UMA VERSÃO ligeiramente modificada de minha tese de doutorado, defendida em julho de 2003 na Faculdade de Filosofia, Letras e Ciências Humanas da USP. Consegui terminá-lo graças ao apoio de uma série de pessoas às quais é necessário agradecer:

A meus pais, minha irmã e minha avó, sempre co-autores de tudo que eu fizer por serem responsáveis por tanto do que sou.

A Cleusa Rios Pinheiro Passos, minha orientadora, pela paciência com meus problemas e compromissos profissionais e, acima de tudo, pela coragem de aceitar o encargo de supervisionar este trabalho em um momento no qual outros talvez preferissem apostas mais tranqüilas. Atitude de generosidade equivalente teve, alguns anos antes, Mauro Wilton de Souza, ao me mostrar um caminho possível e me apresentar as "regras do método".

A João Alexandre Barbosa, Teixeira Coelho, Carlos Alberto Faraco e Alcir Pécora, pela leitura e pelos comentários. Ao Alcir, ainda, por um e-mail que deixou tudo muito mais tranqüilo.

A Otavio Frias Filho, diretor de Redação da *Folha*, por não hesitar em me conceder um afastamento do jornal no instante em que mais um adiamento teria posto tudo a perder.

A Alcino Leite Neto, editor e amigo, e também a Marcos Roberto Flamínio Peres, Renata Buono e Mauricio Santana Dias, colegas de um número infindável de "fechamentos" no Mais!, que aceitaram a carga extra de trabalho com dedicação e bom humor e supriram minha ausência ao longo do período de elaboração deste texto.

A Fernanda, por tudo que fizemos juntos — principalmente nossas obras-primas, Gabriel e Ian —, por tudo que ainda faremos.

PREFÁCIO

UMA APOLOGIA DA CRÍTICA

QUANDO FUI CONVIDADO para participar da banca de doutorado de Adriano Schwartz e soube que o seu objeto de pesquisa tinha sido *O ano da morte de Ricardo Reis*, de José Saramago, não deixei de experimentar certa decepção. Como leitor habitual de literatura portuguesa, já conhecia Saramago desde os tempos em que fazia má poesia neo-realista. Contudo, ainda depois do sucesso do bonito e prolixo *Memorial do convento*, eu nunca o julgara senão um escritor mediano — impressão que se acentuou com a sua hipervalorização posterior ao Prêmio Nobel. Com a vasta experiência de leitura contemporânea de Adriano, precocemente adquirida como editor do suplemento Mais! do jornal *Folha de S.Paulo*, imaginava que se dedicasse a um objeto talvez mais secreto, talvez mais inovador.

Assim, ao abrir a tese para começar a lê-la, estava já imbuído do estoicismo profissional que é a única forma de sobreviver ao comum das teses. Não foi preciso mais de meia dúzia de páginas, entretanto, para perceber que, desta vez, poderia prescindir dele. E, desde aí até o final da leitura, confirmou-se para mim que a tese mobilizava uma grande variedade de procedimentos interpretativos, que eram, ao mesmo tempo, próprios, pertinentes ao seu objeto e bastante criativos. Neste último item, é especialmente divertida a narrativa dialógica inicial que Adriano Schwartz compõe a respeito de um debate a propósito do gênero "romance", cujos participantes reproduzem as posições de vários críticos de diferentes épocas: de Aristóteles ao próprio José Saramago.

Vale a pena considerar aqui, pois é ele o autor do romance analisado pela tese, os argumentos da personagem que faz as vezes de Saramago, que são *ipsis litteris* os mesmos argumentos que ele próprio já apresentou várias vezes em textos e entrevistas a respeito de sua concepção de romance. Para a personagem "Saramago", pois, os principais aspectos do romance são:

(a) a oposição entre autor e narrador, na qual apenas o primeiro pode assumir a responsabilidade pela narração, sendo o segundo reduzido à imaginação arbitrária dos críticos acadêmicos diante dela, o que implica a terminante recusa de "Saramago" em admitir qualquer instância autônoma da ficção, mantida sempre sob estrito domínio e vigilância do autor;

(b) a obediência definitiva do texto à intenção autoral, que é, por sua vez, sempre discernível e facultada ao leitor;

(c) a concepção do romance como máscara do romancista e da leitura como busca do romancista no romance, o que evidentemente implica uma concepção "expressiva" da literatura, na qual as boas leituras são sempre leituras biográficas.

Isto posto, à imitação da maneira de Adriano Schwartz de organizar a sua tese por meio de sucessivas conclusões parciais, eu proporia a seguinte

CONCLUSÃO 1:

o romance de Saramago, a julgar exclusivamente pelo que diz a personagem "Saramago", e ao contrário do que Adriano conclui, não tem como objeto primeiro a construção de uma defesa ou apologia do gênero "romance", mas sim do seu controle pela intenção do autor. Tal controle da ficção pela intenção, nos termos de "Saramago", significa basicamente controle realista da ficção, isto é, "O real", concebido fora da mediação da linguagem, escolhe ou decide os jogos de linguagem apropriados para representá-lo. Isto está perfeitamente traduzido pela idéia recorrente nele de submissão e desqualificação da instância literária do narrador, que passa a ser, nos seus termos, "a mais insignificante personagem de uma história que não é a sua".

Nesse debate criado por Adriano Schwartz no início do seu livro, rapidamente referido aqui, as posições da personagem "Saramago" sobre a oposição entre autor e narrador retomam sobretudo os principais argumentos apresentados pelo autor português, o próprio José Saramago, na revista Ler, nº 38, da Círculo de Leitores, em 1997. Argumentos que, com risco de alguma repetição, passo a citar em seus próprios termos, a fim de saber se a personagem era fiel ao autor. Diz Saramago, ele próprio:

(a) "a figura do Narrador não existe", o que afirma como "simples prático de literatura" em oposição aos "acadêmicos da literatura" (vale dizer, os críticos universitários, mas não o leitor comum, que ignora e dispensa os primeiros);

(b) é preocupante a atenção dos críticos a "escorregadias entidades" lingüísticas que acabam produzindo a "redução do Autor e do seu pensamento a uma perigosa secundaridade na compreensão complexiva da obra";

(c) pois "um livro é, acima de tudo, a expressão de uma parcela identificada da humanidade: o seu autor";

(d) e, por fim, o que "determina o leitor a ler" é "uma secreta esperança de descobrir no interior do livro — mais do que a história que lhe será narrada — a pessoa invisível mas omnipresente de seu autor".

Mesmo sem considerar mais amplamente tais argumentos, proponho uma

CONCLUSÃO 2:

ainda à imitação do procedimento divertido adotado por Adriano: sim, a personagem "Saramago" é fiel ao autor Saramago. Para ambos, a narrativa e, portanto, a mediação do narrador, são sobretudo parte, meio, veículo, suporte das idéias do autor, de modo que, a rigor, o autor e as suas idéias são ou deviam ser o foco do interesse do leitor.

Certa variante esclarecedora das posições de José Saramago pode ser lida nos *Diários de Lanzarote*, examinados com extrema argúcia pelo crítico Abel Barros Baptista, num capítulo de seu livro *Coligação de avulsos* (Lisboa, Cotovia, 2003). Barros Baptista mostra que Saramago inicialmente concebe os seus diários como se fossem capazes de "exprimir fielmente a personalidade do diarista", numa relação "não problemática e no fundamental isenta de riscos" (p. 38) até, posteriormente, admitir que eles se furtam à revelação da imagem do autor e são mesmo um "modo incipiente de fazer ficção" (p. 44).

Está claro que esta última afirmação, que nega o que Saramago antes parecia crer, evidencia que "a relação do autor com o diário está afectada por uma indeterminação insuperável" (p. 45). Daí o crítico português encerrar o seu artigo com a citação irônica de um dos *Contos plausíveis*, de Drummond, intitulado "O perguntar e o responder". Neste, uma mulher procura um espelho disposto a responder que ela apenas, e mais ninguém, deve ser tida como "a mais bela mulher do Brasil". Os vários espelhos que obtém não chegam a decidir-se a isso; o quinto, antes mesmo de ela completar sua pergunta usual, faz-lhe a sua: "Mulher, haverá no Brasil espelho mais belo do que eu?". Quer dizer, o que deveria ser a simples confirmação do desejo do dono, acaba por adquirir vida e autonomia de vontade. Neste caso, a minha

CONCLUSÃO 3:

à imagem do que propõe o ensaio de Abel Barros Baptista, é oposta às outras duas que pretendem referir o pensamento defendido por "Saramago" & Saramago: romances, bem como diários, uma vez lançados ao leitor, têm sua própria vida e fortuna, de modo que nada garante à pessoa do autor o controle de sua ficção.

A Conclusão 3 é perfeitamente conhecida e mesmo pressuposta por Adriano Schwartz, desde o início de seu livro, como o leitor poderá testemunhar em seguida. E chega mesmo a falar em "prejuízo hermenêutico" das posições de Saramago para a sua própria obra, bem como em "sabotagem do potencial interpretativo de sua produção", no caso, cometida pelo autor que se arvora em crítico de si mesmo.

Bem ponderado o caso até agora, a tese de Adriano Schwartz pode ser entendida como uma articulação de dois atos discursivos principais:

(a) um ato da demonstração da falta de controle de Saramago sobre *O ano da morte de Ricardo Reis*. E isto é assim porque consegue fazer do romance uma leitura perfeitamente coerente, sustentada nas próprias ações da narrativa e, no entanto, encaminhada numa direção interpretativa muito diferente, senão oposta, àquela prevista na intenção declarada de Saramago, nos textos já referidos; (b) uma espécie de *performance* engenhosa a demonstrar, desta vez, a própria prerrogativa de invenção da leitura. Demonstração e *performance* radicais, a despeito de uma ou outra concessão estratégica, como a que admite que a posição de Saramago a respeito da biografia como destinação de toda narração seja "defensável", pois, como diz, "é possível ler o autor no romance". Certamente pode-se ler o "autor" no romance, mas ler o autor no romance é bem diferente de ler o que Saramago quer: "a parcela da humanidade" ou a "pessoa do autor". Trata-se, sim, de ler o autor-no-texto: o autor que é efeito ou função da narração e não o autor enquanto pessoa pessoal anterior e inalterada por ela.

Adriano está ciente disso, mais uma vez, e segue convicto a própria trilha que descobre no romance. Por isso mesmo, descreve o "narrador peculiar" de Saramago como alguém que quer "pegar o leitor pela mão e levar a conhecer os mistérios de um labirinto do qual ele possui amplo conhecimento, mas que, simultaneamente, faz todo o esforço para que este leitor se aproprie desse ambiente do jeito que ele crê ser o adequado, utilizando para tanto as armas que supõe mais apropriadas em cada situação". Ou seja,

CONCLUSÃO 4:

o que a tese de Adriano Schwartz afirma é que o controle da ficção pelo autor é, também em Saramago, ficção do autor que permanece ficção. Isto mesmo se confirma quando Adriano critica a fortuna crítica usual de Saramago e, em particular, a do romance *O ano da morte de Ricardo Reis*. De maneira especialmente hábil, começa por recusar as críticas contrárias a Saramago baseadas no argumento de que o romance não passa de veículo ideológico disfarçado das idéias do autor — o que, no fundo, seria o mesmo que confirmar as palavras de Saramago a proclamar a inexistência do narrador, sempre submetido à vontade autoral. Aliás, o próprio Saramago induz a crítica a essa posição paradoxalmente contrária e idêntica à sua, quando, por exemplo, numa entrevista ao *Jornal de Letras*, afirma que escolheu a personagem de Ricardo Reis em função do "horror da indiferença" típica dele e, ao mesmo tempo, por causa do "fascínio" que sentia pelo extraordinário domínio da palavra demonstrada pelo heterônimo pessoano. Neste "fascínio", nota-se, não deixa de haver uma versão suave da fórmula do controle da literatura pela intenção.

Uma outra razão que José Saramago dá para a apropriação do heterônimo "Ricardo Reis" como personagem de seu romance é o desejo de confrontar a poesia contemplativa que caracteriza o heterônimo pessoano com um tempo e uma realidade muito diferentes daqueles suscitados por aquela poesia. Nesta confrontação, nota-se, não deixa de haver igualmente uma versão suave de um programa de crítica ideológica do lirismo.

A tese de Adriano Schwartz também mostra com clareza a forte contaminação da crítica que se debruçou sobre as obras de Saramago pelas idéias disseminadas pelo próprio Saramago, reduzindo terrivelmente o seu papel hermenêutico ao que Eduardo Lourenço chamou de "glosa da glosa". No entanto, e está aqui o principal trunfo da leitura de Adriano, a sua tese simplesmente não engole a versão que Saramago prepara para a leitura dirigida do seu romance. A rigor, a sua tese toma uma direção totalmente oposta a esse tipo de leitura saramaguiana. Adriano faz, a bem dizer, uma leitura declaradamente borgiana e pessoana do romance, acentuando o muito que ele tem de tributário da idéia de jogo de duplos e de redes de contaminação do real pela ficção.

Por vezes, Adriano Schwartz dissimula a radicalidade de sua leitura *a contrario* do autor. Nesses momentos de distensão, pode ocorrer de ele relativizar a crítica que faz à "glosa da glosa", deixando que se embaralhe ou confunda com a idéia de que a crítica é sempre "uma conversa inacabada". Certamente o é, e por isso mesmo acatar servilmente os termos do autor e de suas intenções, edificantes ou não, é simplesmente uma forma de acabar a conversa, e não tem nada a ver com uma idéia forte de "crítica". A radicalidade da tese dissimula-se igualmente quando Adriano admite para a crítica um lugar análogo ao de quem faz, modestamente, a "melhor glosa possível". Ora, a posição que a sua tese toma ao longo do seu andamento milimétrico nada tem de modesta no seu cometimento: ela não apenas se recusa terminantemente a glosar o que o autor diz de sua obra, como ainda trata de a escarafunchar na direção oposta, até desalojar bravamente a glosa do autor do cerne da obra que efetivamente o leitor crítico lê.

Ao agir desta maneira, a meu ver, tem pleno direito de pleitear a sua entrada no que o citado Abel Barros Baptista, num divertido texto de *A infelicidade pela bibliografia* (Coimbra, Angelus Novus, 2001), chamou de "Ordem dos Críticos". Esta tem apenas duas exigências básicas, que correspondem à perfeita assimilação de dois ensinamentos:

> O primeiro é muito simples: os críticos literários desapropriam os autores das suas obras, e nisso consiste a excelência do seu trabalho; mas não se apropriam delas, e nisso consiste a relevância do seu trabalho. Deixam-nas sem dono — irremediavelmente (pp. 51-2).

Como se vai ver ao final do trabalho de Adriano Schwartz, cujo caminho não se cumpre sem graça e peripécia, quando ele termina por ler *O ano da morte de Ricardo Reis* como um "elogio do romance", está claro que ele só pode fazê-lo por entender a apropriação do pessoano "Ricardo Reis" no romance de Saramago como a produção de uma mudança "irreparável" da personagem em relação ao heterônimo, isto é, quando ocorre de Pessoa ser efetivamente desapropriado por Saramago. Neste ponto sem retorno, é preciso reconhecer que, muito diferentemente do que diz Saramago, "Ricardo Reis", sim, "deixa de ser quem era": ele se modifica definitivamente quando Saramago faz com que deixe a poesia de Pessoa e o meta em seu próprio romance.

Se *O ano da morte de Ricardo Reis* constitui-se ou não como um "elogio do romance", tal é a tese que os novos leitores poderão ou não admitir após conhecerem os argumentos da interpretação que vem a seguir. Mas o que me interessa argumentar neste prefácio é que, não importa quanto acerte na interpretação que cria para o romance que estuda, a minha

CONCLUSÃO PROPRIAMENTE DITA É:

já porque não está à deriva da glosa do autor, já porque não a toma como substituto do ato de inteligência e invenção que apenas pode instaurar uma leitura em sentido forte, a tese de Adriano Schwartz produz, isto sim, uma bela e inesperada apologia da crítica.

ALCIR PÉCORA

CAPÍTULO 1

A PO(R)ÉTICA: TREZE CRÍTICOS (E UMA VOZ), UM ROMANCISTA E UM AUTOR DE TESE DISFARÇADO

> *Se podes olhar, vê. Se podes ver, repara.*
> *Se podes reparar, talvez ainda seja tempo.*
>
> De outro *Livro dos conselhos*
> (apontamentos desprezados encontrados
> em local não revelado)

DISSE O PRIMEIRO CRÍTICO,[1] a arte de narrar está em vias de extinção e uma das causas desse fenômeno é óbvia, as ações da experiência estão em baixa, É difícil discutir a hipótese de uma falência da experiência, mas me parece improvável que a arte de contar tenha chegado ao fim, ela está se modificando, como sempre o fez, o que ocorre, de fato, é uma imensa dificuldade de entender essa forma complexa que por aqui se chama romance, Ela é caracterís-

---

1. Todas as citações, exceto a epígrafe, reproduzem o mais fielmente possível os textos originais. Ajustes foram feitos para adequar os trechos ao novo contexto e pequenas frases foram criadas para estabelecer passagens e conduzir a "narrativa". A lista com a fonte das referências encontra-se no final do capítulo.

tica da sociedade moderna, o que a separa da narrativa (e da epopéia no sentido estrito) é que está essencialmente vinculada ao livro, a tradição oral, patrimônio da poesia épica, tem uma natureza fundamentalmente distinta da que caracteriza o romance, Sim, o romance é característico da sociedade moderna, um novo mundo em que ser homem significa ser solitário, disse o segundo crítico, mas, sem querer contradizê-lo, De modo algum, A coincidência entre história e filosofia da história teve como resultado, para a Grécia, que cada espécie artística só nascesse quando se pudesse aferir no relógio de sol do espírito que sua hora havia chegado, e desaparecesse quando os arquétipos de seu ser não mais se erguessem no horizonte, essa periodicidade filosófica perdeu-se na época pós-helênica, aqui os gêneros se cruzam num emaranhado inextricável, como indício da busca autêntica ou inautêntica pelo objetivo que não é mais dado de modo claro e evidente, Pois então, disse o primeiro crítico, o romance, O romance é o continuador da epopéia, tem uma evidente intenção de totalidade, busca descobrir e construir, pela forma, a totalidade oculta da vida, A epopéia, o poema trágico, bem como a comédia, o ditirambo e, em sua maior parte, a arte do flauteiro e a do citaredo, todas vêm a ser, de modo geral, imitações, disse uma estranha voz, surgida de um tempo indefinido, Mas, estranha voz, não é isso que estamos a discutir, É verdade, disse, irritado, o terceiro crítico, sem levar em conta a interrupção da voz, os romances de hoje que contam são epopéias negativas, são testemunhas de um estado de coisas em que o indivíduo liqüida a si mesmo e se encontra com o pré-individual, da maneira como este um dia pareceu endossar o mundo pleno de sentido, As experiências estão deixando de ser comunicáveis, a arte de narrar está definhando porque o lado épico da verdade, a sabedoria, está em extinção, Pretendia argumentar que ele mesmo havia dito em outro contexto que nada existe de belo que não tenha em seu interior algo que mereça ser sabido quando o quarto crítico fez ouvir a sua voz, a indicar, talvez, que o romance possa cumprir uma função importante para os homens, uma forma metamorfoseada, mas ainda válida, de narrativa, Se a História representa o desejo da verdade, o romance representa o desejo da efabulação, com a sua própria verdade, essa é a sua grande, real justificativa, uma resposta a uma necessidade do espírito, que se legitima a si mesma.

Suponho ser proveitoso retomar, dando-lhe uma nova dimensão, algo daquilo que foi dito pela estranha voz, afirmou o quinto crítico, julgando, nesse mesmo instante, ouvir baixinho um reverente agradecimento, acredito podermos definir os vários tipos de ficção de acordo com a força do herói, se ele for superior em condição tanto aos outros homens como ao meio deles, é um deus, a história, um mito, se ele for superior em grau aos outros homens e ao meio, trata-se de um herói de história romanesca, se for superior em grau aos outros, mas não ao meio, estamos no modo imitativo alto, o herói é um líder, já no modo imitativo baixo, Peço perdão por interrompê-lo, mas o senhor está se alongando muito, Um instante apenas, estou por terminar, como ia dizendo, no modo imitativo baixo, o herói não é superior aos outros nem ao meio, e esse é o reino por excelência do romance, bem como o seguinte, o modo irônico, no qual o protagonista é inferior aos outros em força ou inteligência, e é também bom salientar que faço uma distinção entre quatro tipos de prosa de ficção, romance (novel), confissão, anatomia e história romanesca (romance), tipos que se combinam entre si, Para mim, disse o sexto crítico, todo entendimento do sentido verbal está necessariamente ligado a um entendimento de gênero, parece-me, contudo, ser um tratamento do termo por natureza ilegítimo aquele que finge ser ele uma espécie de conceito que de algum modo define e iguala os membros que assume, este é o grande perigo em sua classificação, Voltar aos gêneros, refutou o sétimo crítico, inspirado pelo mestre da terra de Dante, voltar ao aristotelismo especioso dos quinhentistas e seiscentistas, requentado pelos estruturalistas dos anos 60/70, é empresa de resultados duvidosos, pois significa dar estatuto formal e substantivo a meros atributos psicológicos, aspectos segmentares do processo maior da significação, Não, não, não, ouviu-se no ar novamente a longínqua voz, Evidentemente a teoria dos gêneros é até certo ponto artificial, ainda assim, o uso da classificação de obras literárias parece ser indispensável, disse o oitavo crítico, simplesmente pela necessidade de toda ciência de introduzir certa ordem na multiplicidade dos fenômenos, há, no entanto, razões mais profundas para a adoção do sistema de gêneros, a maneira pela qual é comunicado o mundo imaginário pressupõe certa atitude em face deste mundo ou, contrariamente, a atitude exprime-se em certa maneira de comunicar, nos gêneros manifestam-se, sem dúvida, tipos diversos de imaginação e de atitudes em face ao mundo, Acredito termos nos desviado um pouco do assunto inicial, ao alongar o debate sobre essas questões genéricas, ainda não está claro quais são, afinal, as características do romance.

Todo livro é um modelo fictício do mundo temporal, o romance é uma resposta a uma necessidade do homem, a necessidade de fins, mesmo que ele viva hipoteticamente em um mundo sem um, afirmou o nono crítico, nós recriamos os horizontes que abolimos e moldamos o nosso futuro por meio de nossa certeza de que a crise atual é sempre pior que as anteriores, a história do romance é uma história de formas rejeitadas e modificadas, Para mim, disse o décimo crítico, a história do romance pode ser concebida como uma dialética entre duas tradições, ser autoconsciente, ou seja, alardear sua condição de artifício e investigar a relação problemática entre artifício auto-aparente e realidade, ou ser realista e buscar manter a ilusão de realidade. Falando em uma língua muito diferente e sonora, o décimo primeiro crítico iniciou sua declaração, O romance tem uma forma sincrética, originada na história, no relato de viagem. Foi, entretanto, imediatamente interrompido por um compatriota, o décimo segundo crítico, e se retirou sem ouvir a acusação, O senhor defendeu a existência de uma espécie de lei evolutiva dos gêneros, afirmando que, do sério, cada um deles degenera e assume uma forma cômica, pois bem, no romance isso não é bem assim, o seu germe está no riso popular, em todos gêneros englobados pelo conceito de "sério-cômico", a sátira menipéia, o diálogo socrático, a fábula, entre outros, os autênticos predecessores do romance, e mais, alguns deles são gêneros de tipo puramente romanesco, que mantêm sob a forma embrionária, e às vezes sob a forma desenvolvida, os principais elementos das mais importantes variantes posteriores do romance europeu, Ah, se vocês tivessem lido a outra parte de meu estudo, ouviu-se, em um som cada vez mais distante, a estranha voz, Estamos nos desviando novamente, é preciso discutir as singularidades do romance, O estudo do romance enquanto gênero caracteriza-se por dificuldades particulares, elas são condicionadas pela especificidade do próprio objeto, o romance é o único gênero por se constituir, e ainda inacabado, a sua ossatura ainda está longe de ser consolidada e não podemos prever todas as suas possibilidades plásticas, Mas não há como distingui-lo dos outros gêneros, Sim, aponto três particularidades fundamentais, a tridimensionalidade estilística ligada à consciência plurilíngüe que se realiza nele, a transformação radical das coordenadas temporais das representações literárias e uma nova área de estruturação da imagem literária, justamente a área de contato máximo com o presente no seu aspecto inacabado, Concordo em alguns aspectos com meu colega, mas creio, afirmou o décimo terceiro crítico, ser importante levar em conta a influência dos escritores cristãos da antigüidade tardia, que aceitavam o estilo baixo da Bíblia, o *sermo humilis*, defendendo que ela possuía uma nova e mais profunda sublimidade, e de como essa posição prevaleceu na Idade Média e no período moderno e moldou as nossas visões posteriores de estilo, de mistura de estilos, em uma prevalência do realismo, acessível a todos, secretamente sublime, Parece-me ser quase impossível para a maioria dos senhores analisar uma questão sem previamente fazer uma série de inferências históricas, Bem, em relação às características do romance, e falo do período entre as guerras, fundamental para tudo que aconteceu depois, suponho ser plausível resumi-las em alguns pontos, representação consciente pluripessoal, estratificação temporal, relaxamento da conexão com os acontecimentos externos e mudança da posição da qual se relata, talvez seja importante enfatizar, no que diz respeito ao primeiro ponto, que ainda há uma intenção de aproximação da realidade autêntica e objetiva, só que mediante muitas impressões subjetivas, obtidas por diferentes pessoas, em diferentes instantes, o escritor, como narrador de fatos objetivos, desaparece quase completamente...

De modo brusco, entrou na discussão o décimo quarto crítico, na realidade, não era um crítico, tratava-se de um romancista e, sem ter conseguido ouvir adequadamente a ressalva da última frase do décimo terceiro crítico, perguntou, O escritor está desaparecendo, Pergunto-me se a resignação ou a indiferença com que o Autor, hoje, parece aceitar a apropriação, por um Narrador academicamente abençoado, da matéria, da circunstância e da função narrativa, que em épocas anteriores, como autor e como pessoa, lhe eram exclusiva e inapelavelmente imputadas, não serão essa resignação e essa indiferença, uma expressão mais, assumida ou não, e mais ou menos consciente, de um certo grau de abdicação de responsabilidades mais gerais. Um pouco mais lentamente, dirigindo-se a todos os presentes e, simultaneamente lançando um olhar desafiador para este narrador, continuou, O Escritor, esse, tudo quanto escrever, desde a primeira palavra, desde a primeira linha, será em obediência a uma intenção, às vezes clara, às vezes obscura, porém, de certo modo, sempre discernível e mais ou menos óbvia, no sentido de que está obrigado, em todos os casos, a facultar ao leitor, passo a passo, dados cognitivos comuns a ambos, para que ele possa, sem excessivas dificuldades, entender o que, pretendendo parecer novo, diferente, talvez mesmo original, já é afinal conhecido porque, sucessivamente, vai sendo reconhecido, Senhor, mas esta discussão, Tal como creio entender, o romance é uma máscara que esconde e ao mesmo tempo revela os traços do romancista, provavelmente, digo provavelmente, o leitor não lê o romance, lê o romancista, quanto ao Narrador, se houver quem o defenda, que poderá ele ser senão a mais insignificante personagem de uma história que não é a sua...[2]

2. A seguir, a fonte das referências, listadas por ordem de entrada no texto (os dados completos de todas as obras citadas em nota estão na bibliografia): JOSÉ SARAMAGO, *Ensaio sobre a cegueira*, p. 9 (epígrafe). WALTER BENJAMIN, "O narrador", in *Obras escolhidas — Magia e Técnica, Arte e Política*, pp. 197-8, 201. GEORG LUKÁCS, *A teoria do romance*, pp. 38, 60. ARISTÓTELES, *Poética*, p. 19. THEODOR W. ADORNO, "Posição do narrador no romance contemporâneo", em Pensadores — Textos Escolhidos, p. 273. WALTER BENJAMIN, *O narrador...*, pp. 200-1. WALTER BENJAMIN, *A origem do drama barroco alemão*, p. 204. ANTONIO CANDIDO DE MELLO E SOUZA, "Timidez do romance", in *A educação pela noite e outros ensaios*, p. 99. NORTHROP FRYE, *Anatomia da crítica*, pp. 39-40, 307. E. D. HIRCH JR., *Validity in interpretation*, pp. 76, 110. ALFREDO BOSI, "A estética de Benedetto Croce: um pensamento de distinções e mediações", in Benedetto Croce, *Breviário de estética/Aesthetica in nuce*, p. 17. ANATOL ROSENFELD, *O teatro épico*, pp. 16-7. FRANK KERMODE, *The sense of an ending*, pp. 54-8, 94, 129. ROBERT ALTER, "A mimese e o motivo para a ficção", in *Espelho crítico*, p. 137. BORIS EIKHENBAUM, "Sobre a teoria da prosa", in Dionisio de Oliveira Toledo, *Teoria da literatura: formalistas russos*, pp. 161-6. MIKHAIL BAKHTIN, *Questões de literatura e estética: a teoria do romance*, pp. 397, 403-12. ERICH AUERBACH, *Literary language and its public in late Latin antiquity and in the Middle Ages*, pp. 47-65. ERICH AUERBACH, *Mimesis*, pp. 481-3, 92. JOSÉ SARAMAGO, *Cadernos de Lanzarote — Diário IV*, pp. 192-3-4-6.

CAPÍTULO 2

VENDO VOZES

"Ver é ter visto."

BERNARDO SOARES

"...*são eles próprios personagens de sua acção dramática, actores que representam nos intervalos, enquanto os actores verdadeiros, nos camarins, descansam das personagens que foram e que daqui a pouco retomarão, provisórios todos.*"

O ano da morte de Ricardo Reis

...ESSA POSIÇÃO TEÓRICA de José Saramago, o último participante do debate encenado no capítulo anterior, acarreta, paradoxalmente, um "prejuízo hermenêutico" à sua obra. Ao defender a retomada de um destaque do autor, ao propor uma relação de certa forma simplista entre leitor e escritor e ao indicar uma transferência quase imediata entre o resultado — o romance — e as "intenções" do romancista, ele está sabotando o potencial interpretativo de sua própria produção. Isso é no mínimo curioso se se pensar que o "questionamento da figura do autor"[1] configura uma das linhas temáticas evidentes do texto que aqui será estudado, *O ano da morte de Ricardo Reis*. O fato não seria relevante se grande parte da crítica não estivesse "lendo" os livros de Saramago de acordo com a "receita" elaborada por ele.

A proposta deste livro é indicar e, em seguida, reordenar as principais linhas discursivas do romance citado, o que significa buscar compreender o "sistema de vozes" formado pelas principais personagens e pelo narrador. Com isso, espera-se não meramente apontar os equívocos[2] da concepção defendida por José Saramago, mas, quem sabe, corrigir uma "injustiça" do escritor e dos críticos na caracterização do protagonista e na compreensão do jogo narrativo proposto. A missão requererá uma abordagem dialógica "adensada" e levará em conta ao menos parte do plano de ação concebido por Mikhail Bakhtin:

> a tarefa real da análise estilística [do romance] consiste em descobrir todas as línguas orquestradoras presentes na composição do romance, em compreender o grau de desvio entre cada linguagem e a última instância semântica da obra e os diferentes ângulos de refração das suas intenções, em compreender as suas inter-relações dialógicas e, finalmente, se existe um discurso direto do autor, em definir o seu fundo dialógico plurilíngüe fora da obra.[3]

---

1. Ver Nuno Júdice, "José Saramago: o romance no lugar de todas as rupturas".
2. Ainda que a concepção defendida pelo escritor seja de certo modo defensável, já que é de fato possível, de um ponto de vista específico, "ler" o autor no romance.
3. Mikhail Bakhtin, "O discurso no romance", in *Questões de literatura e estética*, p. 205.

Na seqüência deste capítulo, farei uma brevíssima revisão das principais idiossincrasias do narrador de José Saramago, um pequeno excurso teórico e tentarei mostrar como as razões da "gênese" de *O ano da morte de Ricardo Reis* coincidem com e/ou contaminam boa parte das percepções disponíveis em sua fortuna crítica. Nos dois capítulos seguintes, buscarei interpretar o romance a partir da leitura detida de certos trechos do livro, da análise dos mecanismos da incorporação textual, formal e temática de elementos das obras de Fernando Pessoa e Jorge Luis Borges e de suas conseqüências e também da reconfiguração da narrativa a partir de uma compreensão mais minuciosa da dupla conceitual ficção/"realidade" que ela traz embutida. Por fim, na conclusão, as discussões dos capítulos prévios serão relacionadas e brevemente comentadas à luz da proposição de gênero que elas indicam.

O VALOR DO INTERTEXTO

É uma característica fundamental da construção narrativa de José Saramago a absorção da palavra do outro, o que implica a absorção também do sentido dessa palavra, que, em seu novo contexto, o qual comanda a interpretação, é transfigurado.[4]

O problema aqui é que o conceito de intertextualidade — como veio a ser nomeado por Julia Kristeva no início dos anos 1960, a partir das idéias de Bakhtin, o fenômeno resultante dessa

---

4. Como diz Jenny, "a intertextualidade designa não uma soma confusa e misteriosa de influências, mas o trabalho de transformação e assimilação de vários textos operado por um texto centralizador, que detém o comando do sentido. Ver Laurent Jenny, "A estratégia da forma", in *Intertextualidades*, p. 14.

ambivalência primordial da palavra, a noção de que um texto resulta da absorção de outros textos (ou gênero, ou idéia, ou sentido, ou estrutura etc.)⁵ que, em última instância, o engendra — tornou-se, rapidamente, um quase lugar-comum dos estudos literários, não raro sendo usado em contextos completamente estranhos à sua origem. Torna-se preciso, assim, indicar alguns critérios que aqui serão seguidos com o propósito de tentar equacionar a dificuldade. Para tanto, vale a pena começar com uma contraposição, extraída de trechos de *História do cerco de Lisboa* e *O ano da morte de Ricardo Reis*.

O ponto fulcral do primeiro romance é o "não" que a personagem resolve inserir em determinado ponto de um estudo que narrava a expulsão dos mouros de Portugal: onde se lia que os invasores haviam sido derrotados com a ajuda dos cruzados, passava-se a ler que estes não haviam participado da tomada de Lisboa, em 1147.

A passagem exemplar da questão aqui discutida é a seguinte:

Tarde, foi à varanda ver como estava o tempo. Nevoeiro, mas não tão denso como o de ontem. *Ouviu ladrar dois cães, e isso, inexplicavelmente, ainda mais o serenou.* Com diferenças de séculos, os cães ladravam, o mundo era portanto o mesmo. *Foi-se deitar* (p. 74).⁶

---

5. "Todo texto se constrói como mosaico de citações, todo texto é absorção e transformação de um outro texto. Em lugar da noção de intersubjetividade, instala-se a de intertextualidade e a linguagem poética lê-se pelo menos como dupla". Julia Kristeva, *Introdução à semanálise*, p. 64.
6. A menção às páginas dos romances de Saramago citados será sempre feita no corpo do texto, sempre a partir de edições da Companhia das Letras. As referências completas encontram-se na Bibliografia. Todos os grifos em citações são de minha responsabilidade.

Até este momento, a narração da *História do cerco de Lisboa* vinha sem paradas: a conversa com o escritor, a leitura do livro, a apresentação da personagem, a decisão inexplicável de pôr um "não" em uma frase de um livro de história, o medo de seu ato, o passeio pelas ruas de Lisboa. Naquele ponto, em um mundo que é o mesmo, o [Nevoeiro] de "hoje" não é mais tão denso quanto o de "ontem", a visão já não está tão embaçada e, metaforicamente, o distante (o futuro) pode ser vislumbrado com maior nitidez (melhores perspectivas). A transgressão fora consumada. "É a hora", um "não" se imiscuíra, inexplicavelmente, na vida de Raimundo Silva e iria modificá-la. Em tal trecho, palavra ("nevoeiro") e sentido estão intertextualmente ligados de modo direto a "Nevoeiro", o poema final da *Mensagem* pessoana:

> *Nem Rei nem lei, nem paz nem guerra,*
> *Define com perfil e ser*
> *Este fulgor baço de terra*
> *Que é Portugal a entristecer —*
> *Brilho sem luz e sem arder,*
> *como o que o fogo-fátuo encerra.*

> *Ninguém sabe que coisa quere.*
> *Ninguém conhece que alma tem,*
> *Nem o que é mal nem o que é bem.*
> *(Que ancia distante perto chora?)*
> *Tudo é disperso, nada é inteiro,*
> *Ó Portugal, hoje és nevoeiro...*
> *É a Hora!*

Trata-se de um evidente exemplo de diálogo intertextual. Com o poema, Pessoa faz sua exortação final para um novo Portugal, um Portugal que cumprisse seu destino de "Quinto Império", um Portugal ainda "encoberto" pelo nevoeiro. ["*Falta cumprir-se Portugal.*"] Em *História do cerco de Lisboa*, os objetivos são menores, o sentido "segundo" caminha na mesma direção do texto com o qual dialoga, mas, agora, está menos "ambicioso", portanto é outro, transfigurado. Falta cumprir-se Raimundo, e, para que isso seja possível, é preciso que Portugal tenha um outro início, fictício: o ato *original* da fundação da nacionalidade portuguesa tem que ter sido conseguido sem auxílio, pelas próprias forças.

A mesma palavra surge em *O ano da morte de Ricardo Reis*, e é possível extrair da aparição alguns contrastes interessantes.

No trecho em questão, o protagonista passeia por Lisboa, pouco depois de ter retornado à cidade, e o narrador tece suas considerações sobre o que ele vai vendo ao longo do trajeto:

> lá está D. Sebastião no seu nicho da frontaria, rapazito mascarado para um carnaval que há-de vir, se não noutro sítio o puseram, mas aqui, então teremos de reexaminar a importância e os caminhos do sebastianismo, com *nevoeiro* ou sem ele, é patente que o Desejado virá de comboio, sujeito a atrasos (p. 77).

Pelo contexto em que a palavra aparece, por pensar o narrador, como se verá posteriormente, que ele pensa e pelo fato de a personagem que anda pela cidade ser uma criação de Fernando Pessoa, entre outras razões, pode-se dizer que esse "nevoeiro" também se liga ao poema de *Mensagem*. Contudo ele não parece assumir um papel de magnitude semelhante ao anterior na economia da obra.

A partir dessa percepção, surgem duas dúvidas que remetem ao problema teórico motivador dessa sucinta incursão pelos "nevoeiros" de Saramago e Pessoa.[7] As perguntas a serem feitas são: a) em que medida a percepção de uma presença intertextual é relevante para o entendimento da obra? e b) como avaliar essa relevância? Os critérios que este estudo utilizará como pressupostos para lidar com o difícil conceito de intertextualidade devem fornecer, a ambas, respostas possíveis.

Usar-se-á, aqui, a premissa de que toda percepção de uma presença identificável de um texto em outro configura um caso de intertexto, que acresce sentido à obra receptora,[8] estilizando-a ou parodiando-a,[9] mas é também interpretativo, pressupõe uma ordenação de sentido dessa presença em relação à sua "origem", ou seja, atua como uma instância de crítica literária e, conseqüentemente, carrega não um inapreensível sentido primeiro desse texto de partida, mas sim um modo particular[10] e discursivamente reela-

---

7. Veja-se este trecho de *O Evangelho segundo Jesus Cristo*, que duplamente exemplificará o que vai ser dito a seguir: "Deus, se calado estava, calado ficou, porém do nevoeiro desceu uma voz que disse, Talvez este Deus e o que há-de vir não sejam mais do que heterónimos, De quem, de quê, perguntou, curiosa, outra voz, De Pessoa, foi o que se percebeu, mas também podia ter sido, Da Pessoa" (p. 389). Como se percebe, o nevoeiro também aqui aparece; a palavra tem, aliás, grande destaque nesse romance. Escolhi esse trecho, no entanto, porque ele traz também o jogo com a heteronímia pessoana, pois assim fica mais evidente o recurso que Saramago usa com muita freqüência de citar em seus romances obras dele mesmo ou determinadas palavras-chave, recurso que aqui não será estudado, mas que merece uma análise cuidadosa, bem como as reiteradas aparições de certas figuras, como a do cachorro, presença quase inescapável nos livros do autor que também ainda está por merecer uma discussão aprofundada. Um levantamento sobre os últimos pode ser encontrado na terceira parte de Maria José Moreira França, *A tessitura do avesso: Ensaio sobre a cegueira, Todos os nomes e A caverna, de José Saramago, na mira da sátira menipéia*.
8. Obra que, como já se mencionou anteriormente, detém, segundo Jenny, o comando do sentido.
9. Cf. Bakhtin, "O discurso no romance", p. 159 e ss.
10. Ainda que às vezes equivocado em relação ao texto de "origem", válido em relação ao texto de chegada.

borável de entendê-lo. Para estabelecer a "validade" desse intertexto, pode ser utilizada uma variação do método do círculo hermenêutico,[11] buscando-se o confronto permanente entre o detalhe e o todo.[12] É preciso encontrar na obra receptora indícios que comprovem o valor do acréscimo de sentido — por adição ou contraste — provocado pelo intertexto e a sua relevância.[13]

Seguir esses critérios, que funcionam como dispositivos de segurança da interpretação, dá ao trabalho crítico um ponto de partida mais árduo, porém mais frutífero: eles simplificam a terminologia a ser adotada, asseguram a permeabilidade e a variabilidade intrínsecas ao conceito de intertextualidade e colocam o pesquisador em um papel ao mesmo tempo mais humilde — ele não

11. Para uma definição do círculo, pode-se partir, por exemplo, de um de seus mais refinados cultores, Leo Spitzer, que assim o comenta: "[...] *a continual movement between induction and deduction, a coming and going from detail to essence and back from essence to detail. Naturally, in order to describe a literary phenomenon that is offered to us as a global entity, we need a handle with which to grasp it. This handle is provided us by the observation of the detail* [...]". Ver Leo Spitzer, "Development of a method", in *Representative essays*, p. 435.

12. O pressuposto matiza um pouco, pela inclusão do problema do valor, a formulação de Bakhtin: "Cada elemento isolado da linguagem do romance [...] participa juntamente com a sua unidade estilística mais próxima do estilo do todo, carrega o acento desse todo, toma parte na estrutura e na revelação do sentido único desse todo". Ver "O discurso no romance", p. 74.

13. Um intertexto "não validado", ou seja, que não pode ser inserido no círculo, não é, no entanto, uma categoria nula, desprovida de interesse. Ele vem sendo considerado peça fundamental do jogo literário desde pelo menos a Grécia clássica: o prazer de identificar o "original", por exemplo, é apontado por Aristóteles como uma das "duas causas da poesia". Esse critério impõe duas ressalvas. Por um lado, a localização de uma série de presenças "não validadas" pode implicar modulações interpretativas ou indicar variações de sentido que devem ser levadas em conta. Por outro lado, como o reconhecimento do intertexto depende, em última análise, do grau de erudição do crítico, de intuição ou do acaso (como, de resto, qualquer tipo de interpretação literária), nada impede que em determinado momento a constatação de conexões até então despercebidas provoque a "validação" de certa manifestação dessa presença, inserindo-a no círculo.

precisa assumir que apreenderá as presenças intertextuais de certa linhagem em sua totalidade, o que se considera virtualmente impossível — e mais ativo — protegido pela vinculação ao círculo, ele adquire autonomia para dar primazia aos aspectos que julgar mais pertinentes para a comprovação de sua hipótese.

Cabe, ainda, mais um exemplo, também extraído de *O ano da morte de Ricardo Reis*, antes de se introduzir o próximo item, no qual se discutirá o narrador em Saramago.

Como a presença de Camões no romance é inquestionável e sempre tão mencionada por seus comentadores, arrisco uma leitura para justificá-la. À primeira vista, o escritor é introduzido no livro porque simboliza a grandeza sonhada e tão distante de Portugal, país então (em 1936) dominado por um governo ditatorial que é patético em suas atitudes e que incorpora o poeta em sua propaganda maligna, ao mesmo tempo em que, em razão dessa grandeza, põe Fernando Pessoa em seu "devido lugar", colocando-o como uma espécie de piada poética em sua pretensão de ser o "Supra-Camões". Assim, Saramago estaria criticando o uso político de Camões no período e, também, Fernando Pessoa.

A primeira vista é válida, mas, no corpo da narrativa, espaço que de fato conta, parece-me que a piada poética se volta, com maior intensidade, em direção ao próprio Camões. Trata-se de uma visada anedótica de uma figura nacional que a todos agrada, como uma estátua, imobilizada e parada no tempo, para a qual tudo converge ("todos os caminhos portugueses vão dar a Camões", p. 180) e que teve destino igual ao de Adamastor, uma de suas personagens mais famosas ("aqui está Adamastor, que não consegue arrancar-se ao mármore onde o prenderam engano e decepção, convertida em penedo a carne e osso, petrificada a língua", p. 298). A sátira se estende ao debate sobre a superioridade do autor dos *Lusíadas* em relação ao autor de *Mensagem* em algumas passagens, culminando com a seguinte cena:

> Tivesse Ricardo Reis saído nessa noite e encontraria Fernando Pessoa na praça de Luís de Camões, sentado num daqueles bancos como quem vem apanhar a brisa [...] Quis Fernando Pessoa, na ocasião, recitar mentalmente aquele poema da Mensagem que está dedicado a Camões e levou tempo a perceber que não há na Mensagem nenhum poema dedicado a Camões, parece impossível, só indo ver se acredita, de Ulisses a Sebastião não lhe escapou um, nem dos profetas se esqueceu, Bandarra e Vieira, e não teve uma palavrinha, uma só, para o Zarolho, e esta falta, omissão, ausência fazem tremer as mãos de Fernando Pessoa, a consciência perguntou-lhe, Porquê, o inconsciente não sabe que resposta dar, então Luís de Camões sorri, a sua boca de bronze tem o sorriso inteligente de quem morreu há mais tempo, e diz, Foi inveja, meu querido Pessoa, mas deixe, não se atormente tanto, cá onde ambos estamos nada tem importância, um dia virá em que o negarão cem vezes, outro lhe há-de chegar em que desejará que o neguem (p. 351).

A passagem vincula-se a uma perspectiva tão estereotipada da obra dos dois poetas — ignorando, por exemplo, todos os nexos que a crítica vem apontando entre os dois poemas há algumas décadas —, que a tendência de um leitor razoavelmente informado é considerá-la no mínimo inoportuna. Mas a essa primeira estranheza soma-se outra. A cena se insere no texto de um modo agressivo, não respeitando as regras tácitas estabelecidas pela própria narrativa de manter Ricardo Reis em primeiro plano quase permanente, seja em "pessoa", seja em referência, seja como autor de ato/pensamento/reflexão que gera determinada seqüência (inclusive as digressões do narrador). Nela, Reis é convocado como testemunha ausente (jeito sutil de justificar o desvio: "tivesse" ele "saído nessa noite") de uma "invasão" sarcástica do narrador aos supostos pensamentos de Pessoa, seguida da descrição de um ridículo diálogo do autor com sua consciência e do consolo benevolente e superior de um Camões que pela única vez ganha voz explicitamente no texto. Por um mecanismo de deslocamento que será analisado no próximo capítulo semelhante ao que Bakhtin chama de "fala dissimulada de outrem",[14] o fantasma de Fernando Pessoa assume no trecho o papel de Ricardo Reis, e Camões, o exercido no restante do tempo por Fernando Pessoa, tornando-se, desse modo, momentaneamente duplo do narrador, o qual, dessa forma, faz de modo bem-sucedido com o criador dos heterônimos o que tenta fazer no restante do romance com uma de suas criaturas — diminuí-lo — e, simultaneamente, transforma o poeta quinhentista no mais novo heterônimo de Pessoa, fantasma mais experiente, que traz no rosto "o sorriso inteligente de quem morreu há mais tempo".

Essa soma de estranhezas, ruídos de sentido e de adjetivos derrisórios com que as aparições de Camões vêm sendo associadas (piada, anedota, sátira, sarcasmo, estereótipo) sugere que elas, mais do que metáfora de reverência ou combate ideológico disseminado pelo texto, atuam como instâncias de resistência, criativa e criticamente na linha do comentário a seguir, de Eduardo Lourenço (onde se lê Pessoa, leia-se Camões):

> O mito-Pessoa é a sombra inevitável do fantástico e justificado Pessoa-mito. É em nome deste que se pode e deve resistir à idolatria de que o primeiro é objeto.[15]

14. Bakhtin, "O discurso no romance", op. cit., p. 111. Trata-se de uma variação da "construção híbrida", que, para o autor, é "o enunciado que, segundo índices gramaticais (sintáticos) e composicionais, pertence a um único falante, mas onde, na realidade, estão confundidos dois enunciados, dois modos de falar, dois estilos, duas 'linguagens', duas perspectivas semânticas e axiológicas" (p. 110).
15. Eduardo Lourenço, *Fernando, rei da nossa Baviera*, p. 11.

Pode-se confirmar o raciocínio pela constatação de que o procedimento redutor se aplica também a outro grande nome das letras portuguesas, Eça de Queiroz, cujas aparições no texto se dão em proporção menor do que as de Camões, de modo condizente com a importância "mítica" que um e outro assumem no imaginário português. A cena exemplar, nesse caso, é a seguinte:

> Já as primeiras dificuldades começam a surgir, ou não serão ainda dificuldades, antes diferentes e questionadoras camadas de sentido, sedimentos removidos, novas cristalizações, por exemplo, Sobre a nudez forte da verdade o manto diáfano da fantasia, parece clara a sentença, clara, fechada e conclusa, uma criança será capaz de perceber e ir ao exame repetir sem se enganar, mas essa mesma criança perceberia e repetiria com igual convicção um novo dito, Sobre a nudez forte da fantasia o manto diáfano da verdade, e este dito, sim, dá muito mais que pensar, e saborosamente imaginar, sólida e nua a fantasia, diáfana apenas a verdade, se as sentenças viradas do avesso passarem a ser leis, que mundo faremos com elas, milagre é não endoidecerem os homens de cada vez que abrem a boca para falar. É instrutivo o passeio, ainda agora contemplávamos o Eça e já podemos observar o Camões [...] (p. 62).

No trecho em questão, o narrador está descrevendo um passeio de Ricardo Reis por Lisboa, e a personagem parara a fim de observar a estátua (outra estátua) de Eça, o que dá a ele (o narrador) oportunidade para discutir as diferenças de um e outro ("assombroso é falarem estes a mesma língua", pp. 61-2), discussão que se amplifica para a questão mais geral do sentido das palavras. É aí que a epígrafe de *A relíquia* é posta em evidência e invertida, sendo o resultado uma asserção que o narrador julga mais apropriada: diáfana a verdade, forte a fantasia. Corrige-se a frase ("este dito sim, dá muito mais o que pensar") metonimicamente corrigindo-se, também, o autor dela.

Em um e em outro caso, reforça-se, pela atuação do narrador, a idéia de que escritores erram, de que escritores são usados por motivos escusos, de que o mito é tudo, e é nada (note-se, aliás, que a conexão entre eles se dá também no texto: "É instrutivo o passeio, ainda agora contemplávamos o Eça e já podemos observar o Camões"). A presença desses autores assume um caráter pedagógico: o fim buscado é a educação do leitor por meio de casos célebres diluídos e trabalhados literariamente ao longo da narrativa.[16] Afinal, pretende-se mostrar que o que aconteceu com aqueles (eles erram) acontece também com este, Ricardo Reis, o tema principal desse narrador. Só que aí a situação é outra, pois não se trata de inserção de marcas intertextuais que se pode tentar "manipular". Trata-se de uma voz metamorfoseada em personagem, portanto com igualdade de direitos, "uma consciência legitimamente igual" a outra. Aí será o narrador que precisará descobrir que, invertendo a equação, o mito é nada, e é tudo.

ESTILO E NARRADOR

A produção romanesca de Saramago a partir de *Levantado do chão* possui, de acordo com boa parte da crítica, algumas marcas fundamentais: hibridismo da voz narrativa, pluralidade de competências do narrador, tom sentencioso, discurso oralizante, preponderância do tempo na construção da narrativa, papel fulcral da temática da história e apropriação singular dos sinais gráficos.[17] Se

16. O mesmo artifício de usar exemplos didáticos acontece no romance, em um contexto um pouco diferente, em relação a Miguel de Unamuno (ver pp. 377-81).

17. Ver Agripina Carriço Vieira, "Da história ao indivíduo", in *José Saramago: o ano de 1998*, número duplo (151-152) da revista *Colóquio Letras*, Fundação Calouste Gulbenkian, que recolhe e expõe em seu artigo a lista citada acima.

se puser de lado a questão da temática histórica, inexistente nos livros do último ciclo, as marcas podem ser reagrupadas em dois grupos: de um lado, as que possuem ligação com o narrador ou com sua atuação (hibridismo da voz narrativa, pluralidade de competências do narrador, tom sentencioso, preponderância do tempo) e, de outro, as que dizem respeito à feição particular que assumem as narrativas de Saramago (discurso oralizante e apropriação singular dos sinais gráficos). Uma análise um pouco mais detida, entretanto, talvez indique que, de fato, os dois grupos estão mais intimamente ligados do que se supõe.

O narrador em Saramago é peculiar. O escritor usa ao longo da maior parte dos romances um narrador em terceira pessoa, mas insere nele características de primeira pessoa: é praticamente onisciente, contudo, ao mesmo tempo, claramente tendencioso — pode-se até dizer apaixonado, com as cargas positiva e também negativa inerentes ao termo. Trata-se de um narrador que, como um deus (pagão, pois prega uma outra fé, e português, a julgar pelos inúmeros pronomes possessivos em primeira pessoa que surgem em descrições, por exemplo, ao longo das narrativas), busca pegar o leitor pela mão e levá-lo a conhecer os mistérios de um labirinto do qual ele possui amplo conhecimento, mas que, simultaneamente, faz todo o esforço para que esse leitor se aproprie desse ambiente do jeito que ele crê ser o adequado, utilizando para tanto as armas que supõe mais apropriadas em cada situação. Tal paixão assume intensidades e sentidos variáveis em cada um dos romances do autor. Em *História do cerco de Lisboa*, o narrador trata com o que se poderia chamar de uma "delicadeza carinhosa" o protagonista Raimundo Silva; já em *O ano da morte*, Ricardo Reis recebe um tratamento de irônico desdém. O narrador não gosta muito dele e não faz grande esforço para esconder isso:

Ora, Ricardo Reis é um espectador do espectáculo do mundo, sábio se isso for sabedoria, alheio e indiferente por educação e atitude, mas trémulo porque uma simples nuvem passou [...] (p. 90).

Ou, para citar outro exemplo:

Tenho frio, e ele cala-se, está a pensar se deve ou não beijá-la na boca, que triste pensamento (p. 99).

O narrador faz também uma série de interferências na história que conta. Em primeiro lugar, estabelece inúmeras digressões[18] a partir dos pretextos mais variados. Desenrola e estica os fios dos novelos sempre o máximo possível, às vezes sozinho, às vezes em contraposição às outras inúmeras vozes que vão se somando à "discussão". É o caso paradigmático do momento em que Ricardo Reis está prestes a encontrar pela segunda vez Fernando Pessoa. A personagem se lembra do primeiro encontro, questiona sua identidade, lê os jornais, fixa a atenção em um anúncio ("um labirinto, um novelo, uma teia", p. 89), que leva o narrador a refletir sobre a questão do trabalho no presente e no passado e Reis, a deixar esfriar o café com leite. Isso propicia o primeiro contato com a pele de Lídia, que surgira no quarto para buscar a bandeja do desjejum, provocando em ambos reações descritas e comentadas pelo condutor do enredo, o qual encerra a seqüência com conjecturas a respeito da natureza humana. Todos esses acontecimentos estão absolutamente encadeados, cada mínimo núcleo de sentido provém do anterior, ainda que possa não ter nada a ver com o que vinha um degrau antes. Nada está solto. Fica clara a satisfação que esse

---

18. O uso da digressão em Saramago foi estudado, entre outros, por Horácio Costa, *José Saramago: o período formativo*. Ver, por exemplo, p. 269.

narrador tem de explorar os caminhos de jardins que nem sempre se bifurcariam em circunstâncias mais corriqueiras. O procedimento explica os parágrafos de várias páginas tão comuns aos livros de Saramago e lembra, em contexto diverso, uma das regras básicas postuladas por Aristóteles em sua *Poética* para um gênero cuja proximidade com os romances do autor português será apontada em breve.

Entre as outras interferências feitas pelo narrador, pode-se citar[19] que ele faz comentários lingüísticos sobre o processo da própria escrita ("...o qual, para que não estejamos sempre a escrever cujo", p. 58), relativiza os acontecimentos que descreve ("...se não me enganam os olhos", p. 59), joga com o tempo, às vezes para demarcá-lo ("hoje é o último dia do ano", p. 59), às vezes para anunciar acontecimentos futuros ("quando ele chegar ao portão... e der com os olhos no painel", p. 65), satiriza personagens, contextos, posições sociais ("Se esta Lídia não fosse criada, e competente, poderia ser, pela amostra, não menos excelente funâmbula, malabarista ou prestidigitadora, gênio adequado tem ela para a profissão, o que é incongruente, sendo criada, é chamar-se Lídia, e não Maria", pp. 57-8).

Em síntese, é um narrador que, estrategicamente, lembra ao leitor a todo instante que ele está lá e se distingue plenamente das (outras) personagens, ainda que, sob determinadas circunstâncias, pareça duplicar sua voz com alguma delas, criando um efeito momentâneo de coro, ou pontue a narração com interferências mínimas, criando, nesse caso, um efeito de eco distorcido, um som incômodo, provocador, como ocorre no "Quain" que surge repentino neste trecho e tematiza a problemática do enredo de *O ano da morte de Ricardo Reis*:

---

19. Extraí os exemplos de um pequeno trecho do livro para mostrar como os diferentes tipos de interferência se sobrepõem.

Se somente isto sou, pensa Ricardo Reis depois de ler, quem estará pensando agora o que eu penso, ou penso que estou pensando no lugar que sou de pensar, quem estará sentindo o que sinto, ou sinto que estou sentindo no lugar que sou de sentir, quem se serve de mim para sentir e pensar, e, de quantos inúmeros que em mim vivem eu sou qual, quem, Quain, que pensamentos e sensações serão os que não partilho por só me pertencerem, que sou eu que outros não sejam ou tenham sido ou venham a ser (p. 24).

As implicações intertextuais de aparições como essa e, de modo específico, o fato de ela remeter a um conto de Borges serão analisados, respectivamente, nos próximos dois capítulos. Neste momento interessa reter apenas que tal aparição configura uma estratégia freqüente do narrador, estratégia que busca não enganar ou iludir o leitor — ainda que essa seja uma conseqüência possível no caso que será aqui estudado —, mas sim, por acúmulo de uma série de evidências/interferências, convencê-lo de suas idéias a respeito daquilo que narra:

> [...] podia ser verdade, podia ser mentira, é essa a insuficiência das palavras, ou, pelo contrário, a sua condenação por duplicidade sistemática, uma palavra mente, com a mesma palavra se diz a verdade, não somos o que dizemos, somos o crédito que nos dão (p. 327).

Como se trata de uma estratégia de convencimento, seu mecanismo de atuação poderia ser confundido com os mecanismos similares do que seria uma manipulação retórica. Com efeito, é nessa linha que vai parte dos críticos que desmerecem o valor literário da obra de Saramago, ao tratá-la como veículo ideológico disfarçado das idéias do autor. Essa estratégia, ao contrário, faz parte de um complexo jogo literário e só pode ser compreendida de fato se contraposta àquele segundo grupo de marcas discursivas mencionado anteriormente, do qual faziam parte o discurso oralizante e a apropriação singular dos sinais gráficos e com a qual ela está indissociavelmente ligada.

Para discutir esse segundo grupo, é preciso lembrar que a crítica, com alguma freqüência, conecta os romances de Saramago ao ideário do teatro épico brechtiano.[20] A marca registrada do autor de *O círculo de giz caucasiano*

> é a preferência estético-política pelo teatro "narrativo", bem como a crítica, também estético-política, ao teatro "dramático". Em linha com essa posição, Brecht contrapõe o ator que encara o seu papel com distanciamento, como se o estivesse narrando de fora, na terceira pessoa, ao ator que se identifica a ele na primeira pessoa do singular, procura vivê-lo dramaticamente, em carne e osso.
> De um lado fica a encenação antiilusionista que, em lugar de esconder, põe à mostra os procedimentos da teatralização. O público, em conseqüência, se dá conta do caráter construído das figuras e, por extensão, do caráter construído da realidade que elas imitam e interpretam. Ao sublinhar a parte do fingimento na conduta teatral, a parte da coisa feita, Brecht quer ensinar que também as condutas da vida comum têm algo de representação, ou por outra, que também fora do teatro os papéis e a peça poderiam ser diferentes. Trata-se de entender, em suma, que na realidade como no teatro os funcionamentos são sociais e, portanto, mudáveis.[21]

A citação é longa, mas importante, porque evidencia os cuidados necessários para que essa aproximação — legítima — possa ser

---

20. Arnaldo Saraiva, *Iniciação à literatura portuguesa*, p. 168, ou, Odil Oliveira Filho, *Carnaval no convento*, pp. 79-82.
21. Roberto Schwarz, "Altos e baixos da atualidade de Brecht", in *Seqüências brasileiras*, pp. 113-4.

feita. Ela tem de estar com os sinais trocados — mesmo que os propósitos de um e outro, à primeira vista, coincidam em muitos pontos, como no objetivo de esclarecimento do leitor/espectador ou na tentativa de pôr em destaque os "procedimentos exploratórios das elites".

Em Saramago, o narrador, ainda que constantemente deixando claro o caráter antiilusionista de sua representação e criando efeitos de estranhamento, está fora apenas na aparência. Ele atua como uma personagem a mais no jogo, quase como um ator de teatro tradicional, vivendo, no seu disfarce de terceira pessoa, "dramaticamente, em carne e osso", como na primeira pessoa do singular.

Por outro lado, muito da força dos atores reais dessa representação, as personagens do romance, bem como da própria ficção "oralizante" de José Saramago, decorre de eles se inserirem formalmente no texto no modo dramático em inúmeros momentos, constantemente anulando qualquer mediação, em virtude da apropriação singular dos sinais gráficos (outra maneira de dizer que todos os sinais de pontuação, com exceção do ponto final, são substituídos pela vírgula), que confere papel preponderante ao diálogo na narrativa[22] nesse "romance dramático"[23] — em suas características gerais, uma espécie limite do romance polifônico.

---

22. "É o diálogo que constitui a Dramática como literatura e teatro declamado." Cf. Anatol Rosenfeld, *O teatro épico*, p. 34.

23. Como lembra o próprio Saramago, Luciana Stegagno Picchio deve ter sido a primeira a apontar uma proximidade entre os seus romances e o teatro, ao dizer que "no romance, o estilo, o modo de narrar parecem os adequados para uma obra teatral". O autor, no entanto, contesta a afirmação, principalmente no que diz respeito à relação de sua maneira de pontuar com a forma dramática, por considerar que nas peças, inclusive nas suas, a pontuação existe e segue o padrão tradicional. A comparação que se faz aqui, no entanto, leva em conta o que se poderia chamar de "produto final", ou seja, a leitura e as impressões por ela causadas, por um lado, e uma peça representada no palco, não lida. Ver Carlos Reis, *Diálogos com José Saramago*, p. 104 e ss.

Com isso, percebe-se que os dois grupos de marcas discursivas citados anteriormente lidam de fato com a orquestração de vozes nos romances de Saramago, constatação a partir da qual se pode dividir o trabalho crítico a ser feito a seguir em duas fases. Em primeiro lugar, mostrar a maneira como os discursos se sobrepõem, o que significa concretamente localizar e discutir algumas dessas "camadas sonoras"; em outros termos, citando a metáfora de Bakhtin, extrair de uma melodia orquestrada uma partitura composta, e não um tema para piano. Trata-se de um exercício já iniciado nas páginas anteriores, no comentário sobre a mais evidente dessas vozes, a do narrador, a ser continuado nos dois próximos capítulos.

Em seguida, é preciso ampliar a percepção da questão histórica nos romances de Saramago. Em vez de buscá-la em seus temas, o que é circunstancial — como a própria seqüência de seus romances mostrou —, tentar apanhá-la em sua dimensão mais ambiciosa, como condicionante dessa forma especial, chamada poucas linhas atrás, de modo provisório, de "romance dramático", o que será sugerido na conclusão.

O ano da morte de Ricardo Reis é um dos objetos de estudo mais adequados na obra do escritor para o encaminhamento de ambas as fases, pois, além de estar estruturado de modo semelhante aos outros romances, tem a vantagem de tematizar de modo às vezes quase explícito, às vezes bem encoberto, uma evolução possível para o impasse que se discutirá no encerramento.

GÊNESE E FORTUNA

A leitura da obra ficcional e poética de Saramago e de suas entrevistas, artigos e diários não deixa muitas dúvidas de que o heterônimo pessoano sempre foi uma de suas obsessões literárias.

Em *Os poemas possíveis*, livro publicado em 1966 e novamente em 1982, revisto e modificado, isso já fica claro:

> O seu afastamento do texto modernista e a sua aproximação tangencial ao "purismo" expressivo, a sua afinidade com uma certa dicção distintiva da produção poética neo-realista, não escondem uma terceira e mais importante origem do texto poético saramaguiano: a sua exposição ao neoclassicismo de corte horaciano, redivivo por Fernando Pessoa-Ricardo Reis.[24]

A aproximação não acontece, entretanto, apenas pela reutilização da matriz horaciana mediada por Ricardo Reis. Provavelmente Ricardo Reis tenha seduzido Saramago ainda mais intensamente por contraste ideológico, pela comum atração entre simétricos opostos. O próprio autor, em entrevista ao *Jornal de Letras, Artes e Idéias*, indica essa dupla sedução, um "sentimento ambivalente":

> O meu conhecimento de Ricardo Reis vem dos poemas que saíram na revista Atena — já lá se vão muitos e muitos anos. A minha relação com Fernando Pessoa começou por ser a minha relação com a poesia de Ricardo Reis [...] O Ricardo Reis é companhia minha talvez desde os 19 anos. Ficou sempre comigo e à medida que os dias iam passando fui tendo em relação a Ricardo Reis um sentimento ambivalente. Por um lado irritava-me aquele desprendimento do mundo, das coisas e das pessoas, aquele amor que não chega a ser porque não se realiza nunca. Mas por outro lado fascinava-me o rigor, a expressão medida, mesmo que o verso tivesse de ser violen-

---

24. Horácio Costa, *José Saramago: o período formativo*, p. 52. O autor elenca, nas vinte páginas seguintes, uma série de evidências que demonstram a relação próxima do livro de Saramago com o heterônimo pessoano.

tado. Fascinava-me ele ser o senhor da palavra em vez de ser esta que o influenciava [...]

A minha intenção — diz José Saramago — foi a de confrontar Ricardo Reis e mais que ele a sua própria poesia, a tal que se desinteressava, a que afirmava que "sábio é o que se contenta com o espetáculo do mundo", com um tempo e uma realidade cultural que de fato não têm nada a ver com ele. Mas o fato de ele vir confrontar-se com a realidade de então não quer dizer que ele tenha deixado de ser quem era. Conserva-se contemplador até a última página e não é modificado por essa confrontação.[25]

Acrescente-se a isso o que diz o autor em "Fernando Pessoa e o universo inacabado", texto em que Saramago acopla à frase do escritor "Ah, quem escreverá a história do que poderia ter sido", um hipotético "se continuasse a ser" e explica que

> talvez *O ano da morte de Ricardo Reis* tenha querido ser, em mais de quatrocentas páginas de prosa, tão-somente uma leitura que caminha ao longo de um raio, uma trajetória vital e poética a que já nenhum outro poema pode ser acrescentado, mas em que se admite como plausível e verossímil uma vida outra, que sendo falsa é verdade outra, como a máscara é o rosto outro.[26]

Unir instantes dessas três vozes — o "eu poético" de *Os poemas possíveis*, o "eu político" de uma entrevista e o "eu reflexivo" de

---

25. Francisco Vale, "Neste livro nada é verdade e nada é mentira", *Jornal de Letras, Artes e Idéias*, Lisboa, 30 de out. a 5 de nov., 1984, pp. 2-3, citado em Aparecida de Fátima Bueno, *O poeta no labirinto: a construção do personagem em O ano da morte de Ricardo Reis*, dissertação de mestrado, Unicamp, 1994, p. 58.

26. José Saramago, "Fernando Pessoa e o universo inacabado", in Gilda Santos, Jorge Fernandes da Silveira e Teresa Cristina Cerdeira da Silva, *Cleonice: clara em sua geração*, p. 341.

um texto ensaístico —, propicia uma compreensão bastante delineada da gênese de *O ano da morte de Ricardo Reis* e das intenções do autor ao escrevê-lo. Sinteticamente, o que Saramago diz ter pretendido na obra é pôr em cena um quase "teórico da alienação" em confronto com uma realidade atroz na qual a alienação não é permitida, torna-se símbolo de desumanidade. Em estado de choque e angústia, cabe a Ricardo Reis, depois de muito sofrimento, aceitar resignado a sua desumanidade e partir com seu criador.

Sem levar em conta o comentário do narrador do romance — "o que vem demonstrar, se de demonstrações ainda precisamos, que não raro se desacerta o que está escrito do que, por ter sido vivido, lhe teria dado origem" (p. 106) —, a crítica se deixou "contaminar" em demasia pelas idéias do autor.[27] No entanto, é preciso desconfiar das concordâncias, como lembram, cada uma a seu modo, as duas reflexões sobre o conjunto da obra de Saramago, sintetizadas a seguir em textos de Leyla Perrone-Moisés e Eduardo Lourenço, que indicam caminhos muito sugestivos para os pesquisadores e reafirmam, por outros ângulos, alguns dos comentários aqui efetuados.

Em primeiro lugar, cabe ressaltar "Formas e usos da negação na ficção histórica de José Saramago",[28] de Perrone-Moisés. De início, a autora refuta os estudos de relação entre ficção e história e a inserção de Saramago na pós-modernidade. No que diz respeito ao primeiro item, afirma, na esteira de Lourenço, tende-se ao

---

27. "Os estudiosos da sua obra mostram, freqüentemente, a tendência de considerar a palavra de Saramago como a última palavra [...]".Lílian Lopondo, "O proselitismo em questão", in *Saramago segundo terceiros*, op. cit., p. 60.
28. Leyla Perrone-Moisés, "Formas e usos da negação na ficção histórica de José Saramago", in: *Literatura e História: três vozes de expressão portuguesa*, org. de Tania Franco Carvalhal e Jane Tutikian. Texto republicado, com modificações, em *Inútil poesia*, coletânea de artigos da autora, com o título de "As artemanhas de Saramago".

previsível e ao já-dito. Além de ser um tema de dissertação que poderíamos chamar de clássico, pois a crítica já o tem explorado, agrava a dificuldade o fato de o próprio escritor fornecer numerosas reflexões sobre essa questão, no próprio texto de suas obras.[29]

Quanto ao inexistente "romance histórico" ("Saramago não busca transportar-se e transportar o leitor ao passado, por uma reconstituição de época pretendendo à objetividade, ao realismo ou ao pitoresco") e à sua voga, "dita pós-moderna", Perrone-Moisés diz:

> o que os romancistas históricos pós-modernos reivindicam como novidade é na verdade ou anterior à modernidade, ou conquista desta. Suas técnicas, no que se refere à narração, à descrição, à caracterização das personagens e aos diálogos, são freqüentemente as do século XIX.[30]

Para a autora, Saramago é um grande autor moderno, pois palavras como "projeto", "construção", "valor", "moral", fundamentais em seu vocabulário, não fazem sentido no vocabulário pós-moderno.[31] Buscando um termo que defina o conjunto da obra romanesca do escritor, Perrone-Moisés acaba por concluir que os textos são, "em sua macroestrutura discursiva", um *não*. Assim, cada um deles se põe contra determinada asserção prévia, que é condição de existência da negação posterior. Para ela, no caso de *O ano da morte de Ricardo Reis* (e também de *Ensaio sobre a cegueira*), o *não* é mais complexo: "nos dois romances, as personagens

---

29. Idem, p. 101.
30. Idem, p. 102.
31. Idem, p. 102.

principais assumem uma postura de *denegação*, no sentido psicanalítico do termo".[32] Nesse caso, então, a rejeição do real por Ricardo Reis talvez pudesse indicar um recôndito fascínio, e isso acaba por ser "fatal", pois o que traz infelicidade ao homem deveria, ainda segundo a autora, ser recusado, não denegado. Apesar de muito mais sutil que a maior parte das restantes interpretações do romance, tal leitura acabar por se alinhar à impressão mais comum da crítica de que o Ricardo Reis "final" termina por coincidir com o heterônimo conforme concebido por Pessoa.

Outro ensaio a ser citado é "Um teólogo no fio da navalha",[33] de Eduardo Lourenço, provavelmente a reflexão mais densa e apropriada já escrita sobre José Saramago. Contém valiosas percepções críticas e, acima de tudo, um comentário/advertência fundamental para quem planeja estudar a ficção em pauta:

> Não conheço em língua portuguesa algum autor — salvo Pessoa — que tão entranhadamente tenha entrelaçado à sua criação a consciência do mesmo ato de criação, a questão do seu ser e do seu sentido. Como acompanhamento da mão esquerda, toda a sua ficção se envolve no eco musical que a prolonga como se a precedesse integrando em si os efeitos do milagre em que consiste. Assim que nada pode ser dito sobre "os fins" que nessa ficção estão já visíveis ou que invisíveis a comandam que não sejam glosa da glosa permanente com que José Saramago acompanha uma narração [...].

Escapar da armadilha da "glosa da glosa". Eis outra maneira de encarar a questão. Tal fuga, porém, carrega alta dose de irrealizá-

---

32. Idem, p. 106.
33. Eduardo Lourenço, "Um teólogo no fio da navalha", in *O canto do signo: existência e literatura (1957-1993)*.

vel, uma vez que revolver uma história que se vale de outras histórias pode muito bem significar recontá-la de outros jeitos, outras vezes, tantas quantas forem necessárias para movimentar a rígida estrutura que se forma após uma primeira leitura e que, a cada releitura — tanto da obra em si quanto de obras sobre a obra —, se abala e se reconstrói, se desestabiliza e se reafirma. É esse, o assassinato potencial e o renascimento inevitável dos sentidos do texto, um dos nutrientes mais importantes da literatura. É esse um dos conflitos que fundam o literário. Talvez seja impossível escapar da "glosa da glosa" ou, em outros termos, da "conversa inacabada" inerente à representação, que, como afirma Bakhtin,

> torna-se uma interação evidente e viva de mundos, de pontos de vista, de acentos diferentes. Daí a possibilidade de uma reacentuação dessa representação, a possibilidade de relações diferentes com a discussão que ressoa no interior da representação, de posições diferentes nessa discussão e, por conseguinte, de interpretações diferentes da própria representação. Ela torna-se polissêmica como um símbolo.[34]

Restaria ao crítico, então, buscar a melhor glosa possível, consciente da efemeridade de seu projeto, movido pelo desejo de compreensão, movido pelo prazer, movido pela dificuldade da tarefa, movido, borgianamente, pelo espanto.

---

34. Bakhtin, "O discurso no romance", op. cit., p. 200.

CAPÍTULO 3

UMA (QUASE) INVERSÃO DE PESSOAS: REIS PERDE (E RECONQUISTA) A COROA

*"Casos assim não são infreqüentes,
temos os gémeos, temos os sósias,
as espécies repetem-se, o ser humano repete-se..."*

O homem duplicado

QUATRO SÃO AS PRINCIPAIS personagens de *O ano da morte de Ricardo Reis*: o próprio Ricardo Reis, Lídia, Marcenda e Fernando Pessoa. Centro gravitacional da narrativa, praticamente nada acontece no romance que não esteja a Reis vinculado. As restantes personagens aparecem raríssimas vezes em cenas isoladas, têm lembranças ou projeções individualizadas. Isso não significa que Reis possua consciência de tudo — eventualmente o narrador, a quinta personagem, joga com sua ignorância de determinados fatos. Mas, até nesse caso, é em função dele, de seu "não-saber", que o enredo — e o leitor — é conduzido.

Há uma "entidade", entretanto, por trás de todas as figuras de destaque do romance, inclusive de Ricardo Reis: é o Ricardo Reis anterior, tal como criado por Fernando Pessoa, o que significa dizer, de modo concreto, uma série de poemas, um perfil, uma concepção, um ideário e uma "biografia". Com tais aspectos estão, de maneiras distintas, as quatro personagens textualmente relacionadas. Existe a presença anterior e avassaladora de um poderoso "outro" na construção e desenvolvimento de cada uma.

Ricardo Reis, Lídia, Marcenda e Fernando Pessoa compõem, assim, quatro distorções independentes de uma mesma imagem; quatro estilhaços a reproduzir no cerne e na carne do enredo a arquitetura do jogo heteronímico pessoano, tendo como ponto de partida/chegada, dessa vez, o seu "eu" neoclássico. Incrustadas no romance configuram-se as marcas da idéia "original" que o tornaram possível. Nos termos da literatura comparada, pode-se dizer que, em *O ano da morte de Ricardo Reis*, a principal "fonte" explícita é também utilizada "implicitamente".

RICARDO REIS E RICARDO REIS

Sábio é o que se contenta com o espetáculo do mundo
E ao beber nem recorda
que já bebeu na vida,
Para quem tudo é novo
E imarcescível sempre.

Coroem-no pâmpanos, ou heras, ou rosa volúteis,
Ele sabe que a vida
Passa por ele e tanto
Corta a flora como a ele
De Átropos a tesoura.

Mas ele sabe fazer que a cor do vinho esconda isto,
Que o seu sabor orgíaco
Apague o gosto às horas,
Como a uma voz chorando
O passar das bacantes.

E ele espera, contente quase e bebedor tranqüilo,
E apenas desejando
Num desejo mal tido
Que a abominável onda
O não molhe tão cedo.

Um dos mais famosos versos do heterônimo neoclássico de Fernando Pessoa aparece como uma das três epígrafes de *O ano da morte de Ricardo Reis*: "Sábio é o que se contenta com o espetáculo do mundo". As duas restantes são: "Escolher modos de não agir foi sempre a atenção e o escrúpulo da minha vida" (Bernardo Soares) e "Se me disserem que é absurdo falar assim de quem nunca existiu, respondo que também não tenho provas de que Lisboa tenha alguma vez existido, ou eu que escrevo, ou qualquer cousa onde quer que seja" (Fernando Pessoa). Com as citações, apresentam-se duas das principais linhas da força da narrativa. As frases de Reis e de Soares fornecem ao leitor uma pista inicial de que existe a preocupação de questionar a postura alheia e distante do poeta em relação aos acontecimentos. A citação de Pessoa legitima a concepção fundadora do romance: dar vida a quem existiu sem nunca ter existido.

A retomada, na obra, de um dos mais famosos motes do heterônimo pessoano, o de que a vida é uma espécie de apresentação contínua, que requisita distanciamento e contenção para ser bem levada, indica de imediato a filiação do "autor" do verso e, por conseqüência, do protagonista às concepções filosóficas do estoicismo, principalmente por meio da matriz poeticamente reelaborada por Horácio. Mas ela também parece aproximar o livro da tradição da metáfora do teatro do mundo. Como afirma E. R. Curtius, tal linhagem chega à Idade Média e às épocas posteriores procedendo tanto da antiguidade pagã quanto de escritores cristãos.[1] De modo geral, nessas obras *"all the world's a stage"*, como escreveu Shakespeare em *As you like it*, e as personagens, atores representando de acordo com um roteiro predeterminado pelo destino ou por Deus, sempre à espera do final inevitável, o desmascaramento ou a decadência absoluta.

Na reelaboração de Saramago da já reelaborada versão de Pessoa, entretanto, os papéis estão trocados. O mundo segue sendo o palco em que se desenrola a montagem. Contudo o destino não é mais predeterminado, uma vez que a modernidade proclama a morte de Deus e a ineficácia de qualquer explicação teleológica da existência humana; nem Ele, Deus, portanto, pode ser o único observador da evolução do enredo até um esperado final. O desfecho é aberto, e o espectador passa a ser a própria personagem — serena ou não, angustiada ou não, com a impossibilidade de acompanhar e compreender em sua plenitude as fraturas, quebras e desvios desse novo enredo, assim como o leitor, espectador em segundo grau, que toma conhecimento do que acontece por intermédio de um narrador que, como já se comentou, tem lá suas limitações.

Buscar outras aparições do verso "Sábio é o que se contenta com o espetáculo do mundo" nessa nova montagem pode, portanto, fornecer bons indícios das diferenças entre o Reis concebido por Pessoa e o Reis recriado por Saramago, primeiro e importante passo para acompanhar de modo um pouco menos cifrado os acontecimentos.

1. Ernst Robert Curtius, *Literatura européia e Idade Média latina*, p. 191.

Depois de ocorrer integralmente na epígrafe, a frase ecoa no segundo encontro entre Reis e Lídia. Ambos estão no quarto do hotel, ele vê algo engraçado e a empregada se aproxima: "... revolução como esta de Lídia assomar à janela por trás de Ricardo Reis e com ele rir igualitariamente do espetáculo que a ambos divertia" (p. 59). A colocação de um termo fundamental do poema no texto indica um dos pontos de partida do percurso de descoberta e desespero por que precisará passar Reis em direção àquilo já anunciado pelo título da narrativa: a morte. Aqui, ele não se contenta simplesmente com o espetáculo; por segundos, usufrui dele — e em companhia de outra pessoa.

A presença de Lídia torna-se constante e, logo, Ricardo Reis toca sua mão. A personagem, que vinha refletindo sobre os motivos de sua volta a Portugal, "se recrimina acidamente por ter cedido a uma fraqueza estúpida" (p. 90) e resolve dar uma volta pelas ruas de Lisboa. Ressurge, então, o verso, reelaborado em um comentário do narrador

>Ora, Ricardo Reis é um espectador do espetáculo do mundo, sábio se isso for sabedoria, alheio e indiferente por educação e atitude, mas trêmulo porque uma simples nuvem passou... (p. 90).

Constata-se, imediatamente, que ele inverteu e acrescentou um questionamento irônico à "versão de sabedoria"[2] pregada pelo heterônimo.

Na leitura inicial do poema de onde foi extraído o verso, destaca-se também o adjetivo "imarcescível", aquilo que não murcha, que tem a mesma raiz latina do neologismo (transformado em substantivo próprio no romance) "marcenda", inventado por Pessoa.

2. Maria Helena Garcez, O tabuleiro antigo, p. 10.

A palavra aparece, com as variações apontadas, na obra de Ricardo Reis apenas duas vezes: na ode 320,[3] reproduzida no início deste item, e na fundamental ode 427, que será discutida oportunamente. A ode 320, como tantas outras do poeta ("Breve o dia, breve o ano, breve tudo/ Não tarda nada sermos"), filia-se a uma tópica freqüente na literatura clássica, a da efemeridade[4] — dela decorrem tanto o sentimento de fragilidade da vida quanto o lugar comum do *carpe diem*. Na incorporação temática elaborada por Reis, enfatiza-se uma situação ideal, a de ausência de conflito, implicando a quase absoluta ausência de memória.[5] É preciso viver o presente, que tudo seja "novo e imarcescível sempre". Abandona-se o passado — provedor interminável de responsabilidades —, assim como o futuro — espaço privilegiado da expectativa, do ainda não-realizado. O par responsabilidade/expectativa, porém, não pode ser abandonado por este Ricardo Reis. Lídia e Marcenda assumem e, ocasionalmente, intercambiam os papéis: Lídia, o passado de um presente tão próximo que se impõe, é a responsabilidade a esconder a expectativa; Marcenda, o futuro impossível que quase se afigurou, a expectativa a atenuar a responsabilidade. A partir do momento em que chega a Portugal e começa a se inserir socialmente e estabelecer relações, a personagem passa a ter um passado para lembrar e um futuro para projetar: torna-se centro de um tímido universo em que gravitam Marcenda, Lídia e Fernando Pessoa. Este Ricardo Reis continua um espectador do mundo. Sua sabedoria e contentamento são, contudo, postos à prova. A situação

3. As odes serão citadas de acordo com sua numeração da edição da Nova Aguilar. Ver Fernando Pessoa, *Obra poética*.
4. Francisco Achcar, *Lírica e lugar-comum*.
5. Tal situação ideal carrega em si um inescapável paradoxo, pois a incorporação temática feita por Reis requer necessariamente a retomada dos temas da tradição e a presentificação da memória.

ideal, de "ausência de conflito", torna-se impossível, tanto quanto seguir a sintética máxima do mestre Epicuro: "Vive ignorado".

É em um instante já próximo de molhá-lo com a "indesejável onda", de pôr fim ao seu percurso em direção à morte, que é retomado por duas vezes o jogo com o verso inicial da ode 320. Na primeira, novamente de modo irônico, quando o narrador comenta a ânsia com que dois velhinhos buscam observar o bombardeio do navio *Afonso de Albuquerque*, onde estava Daniel, o irmão de Lídia:

> neste momento apareceram os velhos, quase que lhes rebentam os pulmões, como terão eles conseguido chegar aqui tão depressa, em tão pouco tempo, morando lá nas profundezas do bairro, mas prefeririam morrer a perder o espetáculo, ainda que venham a morrer por não tê-lo perdido (p. 410).

A ironia da frase é, porém, diferente daquela na qual ele comentara a hipotética sabedoria do próprio Ricardo Reis, alterando a ordem das palavras da oração. Naquela frase, a ironia era contestatória, arrogante mesmo. Aqui, ao reutilizar a palavra-chave "espetáculo", o tom é de melancolia, derrota. A ironia ressurge amarga, prenunciando a passagem seguinte, em que o verso reaparece quase integralmente e retrata um ser quase dilacerado:

> [Ricardo Reis] entra na casa, atira-se para cima da cama desfeita, escondeu os olhos com o antebraço para poder chorar à vontade, lágrimas absurdas, que esta revolta não foi sua, sábio é o que se contenta com o espetáculo do mundo, hei de dizê-lo mil vezes, que importa a quem já nada importa que um perca e outro vença (pp. 411-2).

Pouco antes, quando a personagem tomara conhecimento, por intermédio de Lídia, da iminente revolta do navio, o narrador havia dito:

Ricardo Reis espanta-se por não reconhecer em si nenhum sentimento, talvez isto é que seja o destino, sabermos que não há nada que o possa evitar, e ficarmos quietos, olhando, como puros observadores do espetáculo do mundo... (p. 404).

Conforme se percebe, existe uma evidente gradação implícita ao diálogo estabelecido com o verso ao longo do romance. Ele surge na epígrafe e lá ainda é um dado exclusivo do Ricardo Reis como concebido por Fernando Pessoa. Em função das circunstâncias impostas pelo enredo, ele, paulatinamente, vai-se ficcionalizando,[6] tornando-se mais e mais parecido com a personagem "atualizada", metamorfose que encerra e completa com o choro "absurdo" por uma "revolta que não é sua".

A estratégia do autor provoca impacto ainda maior na medida em que ele aparentemente cria modulações distintas nesses "usos do espetáculo" quando os põe na voz do narrador e da personagem. Se é o narrador a fazê-lo, ele exagera, empregando um tom distanciado, às vezes melancólico, às vezes sarcástico, quase como se estivesse querendo agressivamente reaproximar Ricardo Reis de sua concepção *originária*; se é o protagonista, acontece o oposto, também por meio do recurso retórico da ironia — quase descontrolada —, o tom é de envolvimento, de questionamento do outro pelo questionamento de si mesmo e vice-versa, nesta situação incômoda: Ricardo Reis, então, parece querer fugir de Ricardo Reis.

Mas é preciso observar um detalhe nesse trecho em que Ricardo Reis dá a impressão de assumir para a sua voz o jogo com o verso. Se no meio dele ocorre a troca pronominal (de terceira

---

6. Na verdade, ficcionalizando-se de outra forma, pois ele já era, anteriormente, uma ficção.

para primeira pessoa), não ocorre, por outro lado, a sinalização indicativa de mudança de foco narrativo característica do autor.[7] Será útil reproduzir novamente a passagem:

> [Ricardo Reis] entra na casa, atira-se para cima da cama desfeita, escondeu os olhos com o antebraço para poder chorar à vontade, lágrimas absurdas, que esta revolta não foi sua, sábio é o que se contenta com o espetáculo do mundo, hei de dizê-lo mil vezes, que importa a quem já nada importa que um perca e outro vença (pp. 411-2).

No emaranhado textual que se forma, pode-se perceber uma mistura de discurso direto do narrador (linhas 1, 2 e um pedaço da 3), que se encaminha para uma sugestão de discurso indireto livre com uma inflexão pronominal convenientemente incerta[8] ("sua", em vez "dele", no trecho da linha 3, "que esta revolta não foi sua"), e, por fim, para um suposto discurso direto da personagem (a partir de então). O contexto da cena é tão tenso, a personagem está se desintegrando, o livro está se aproximando de seu encerramento, tudo conduz o leitor a não questionar essa versão inicial. Se, entretanto, o discurso de fato tivesse se transferido para Ricardo Reis, no final da linha 3, a primeira letra da palavra "sábio" teria que ser maiúscula.[9]

Tão sutil e ínfima, a alteração tudo muda. Em vez do grito de desespero de um ser que se julga sem saída, passa-se a ouvir apenas

---

7. "As maiúsculas é que definem o início de frase e a alternância de voz." Ver Tania Franco Carvalhal, "De fantasmas e poetas: o pessoano Saramago", in *José Saramago: uma homenagem*, op. cit., p. 119.
8. Pronomes de segunda e terceira pessoa se embaralham em vários momentos da narrativa.
9. O raciocínio é o mesmo se se julgar que o discurso já é da personagem no início da linha 3, na palavra "lágrimas". Quanto à linha 5, ela será, por ora, ignorada.

o narrador, culpando quase histericamente o protagonista da história que conta por acreditar no que uma vez escreveu, um martelo a golpear a consciência daquele que chora com a reiteração em primeira pessoa das palavras que considera necessárias para justificar o descontrole em que ele se encontra. Só que, nesse caso, a repetição vem muito tempo depois do som inicial. Muito aconteceu, os significados são outros, os valores são outros, a experiência é outra:

> Observa minuciosamente o que o espelho lhe mostra, tenta descobrir as parecenças deste rosto com um outro rosto que terá deixado de ver há muito tempo, que assim não pode ser diz-lho a consciência, basta que tem a certeza de se barbear todos os dias, de todos os dias ver estes olhos, esta boca, este nariz, este queixo, estas faces pálidas, estes apêndices amarrotados e ridículos que são as orelhas, e no entanto é como se tivesse passado muitos anos sem se olhar, num lugar sem espelhos, sequer os olhos de alguém, e hoje vê-se e não se reconhece (p. 345).

A alteração de sentido já fornece boas pistas da dualidade interpretativa com que se está lidando aqui. Talvez Ricardo Reis não queira, afinal de contas, fugir de Ricardo Reis. O impasse será intensificado a seguir.

Esse mapeamento seletivo de um verso ("sábio é o que...") e seus ecos no romance indicam a importância do campo semântico ativo e passivo da palavra "visão" em *O ano da morte de Ricardo Reis*. Assistir, olhar, contemplar, ler, espectador, espetáculo são vocábulos fundamentais no texto.[10] Ricardo Reis está sempre

---

10. A primazia da visão recria na dimensão romanesca a sua preponderância sobre os outros sentidos. Lembra Marilena Chaui que, "se o olhar usurpa os demais sentidos fazendo-se cânone de todas as percepções, é porque, como dizia Merleau-Ponty, ver é ter à distância. O olhar apalpa as coisas, repousa sobre elas, viaja no meio delas, mas delas não se apropria". Ver Marilena Chaui, "Janelas da alma, espelho do mundo", in *O olhar*, p. 40.

observando alguma coisa, seja um comício, seja uma manifestação religiosa, seja uma peça, seja o próprio rosto. Um resumo fiel e plausível da intenção da obra poderia ser: contar a história de um homem que é obrigado a *ver* mais do que gostaria. Ao fazer isso, ele é, vidente e visível, também mais visto do que gostaria, necessariamente mais percebido do que gostaria. Retomando a frase de Berkeley, "ser é ser percebido", Ricardo Reis adquire um excesso de "ser"; é — intransitivamente — mais do que gostaria. Aliás, os termos latinos *spectator* (o que vê) e *spetaculum* (festa pública) possuem a mesma raiz indo-européia — *spek* — da palavra latina para espelho, *speculum*. Será que quem mais vê necessariamente mais se vê, melhor se conhece?

Ao comparar as hipotéticas últimas palavras de Fernando Pessoa ("Dá-me os óculos") às de Goethe ("Mais luz"), Leyla Perrone-Moisés comenta ser difícil não as relacionar parodicamente e ressalta que ambas expressam o mesmo desejo: o de ver. "Mas, enquanto em Goethe esse ver sugere o conhecedor total da iluminação poético-mística, em Pessoa, a ambição visual é reduzida à pequenez do real circundante: ver alguma coisa (alguém ao lado do leito, ou um copo no criado-mudo?)."[11]

Aqui, não há nem "mais luz" nem "dá-me os óculos". Talvez Ricardo Reis preferisse não ver, mas isso só consegue quem está morto, só Fernando Pessoa, que não tem nada a fazer além de se contentar com o espetáculo do mundo. Quanto a Reis, enquanto "viver" estará com os olhos arregalados, impedidos de se fechar, dando-se conta de que a "pequenez do real circundante" também pode ser aterradora.

Em decorrência desse árduo processo pedagógico vivenciado ao longo do romance, Ricardo Reis se questiona como é possível sentir-

11. Leyla Perrone-Moisés, *Aquém do eu, além do outro*, p. 35.

se vivo e saber-se ficção, tentando, perplexo, entender de que maneira lidar com esse excesso de "ser" que o corrói e a perspectiva de um vazio, ausência, "passagem para um não ser" (p. 219), que o assusta. Assim, senta-se em uma cadeira, trança as pernas, cruza as mãos sobre o joelho e tenta sentir-se morto. Percebe, entretanto, uma veia pulsando e, primeiro quase inaudivelmente e em seguida em alta voz, diz "estou vivo" (p. 233) e, como não há ninguém disponível ali para desmentir a asserção, como nota sarcasticamente o narrador, sai para passear. Pouco antes, entretanto, lamentara sua solidão:

> Estás só, ninguém o sabe, cala e finge, murmurou estas palavras em outro tempo escritas, e desprezou-as por não exprimirem a solidão, só o dizê-la, também ao silêncio e ao fingimento, por não serem capazes de mais que dizer, porque elas não são, as palavras, aquilo que declaram, estar só, caro senhor, é muito mais que conseguir dizê-lo e tê-lo dito (p. 199).

Começa com isso a surgir um esboço de retrato um pouco mais preciso dessa figura ao mesmo tempo multifacetada e sem face alguma, que está no mundo e é sem nunca ter na "realidade" sido, que foge de si mesma e, no desenrolar da narrativa, cada vez mais se encontra. Começa a se delinear a personagem — ficção da ficção — que, abandonada pela morte de seu criador, transpõe as certezas de um universo poético e cai na vida, deixa de lado a "grande saúde de não perceber coisa nenhuma" para viver no terreno do possível. Tal passagem só é viável pela colocação, no enredo, do contato com o outro. Aplica-se à situação a análise de Gilles Deleuze feita para outro contexto:

> Antes que Outrem apareça, havia por exemplo um mundo tranqüilizante do qual não distinguíamos minha consciência; Outrem

surge, exprimindo a possibilidade de um mundo assustador, que não é desenvolvido sem fazer passar o precedente. Eu nada sou além dos meus objetos passados, meu eu não é feito senão de um mundo passado, precisamente aquele que o Outrem faz passar. Se Outrem é um mundo possível, eu sou um mundo passado.[12]

A presença do outro, desse Outrem de que fala Deleuze, significa a criação de um mundo marginal, assegura espaços de transição; ele relativiza o não-sabido, o não-percebido, introduz o não-percebido no que se percebe; é sempre por Outrem que passa o desejo e pelo qual ele recebe um objeto. O Outrem é uma estrutura do campo perceptivo, a estrutura do possível.

É evidente, em *O ano da morte de Ricardo Reis*, que a vida do protagonista se perturba devido ao Outrem. Perturba-se primeiro com a notícia da ausência insólita de uma presença distante, mas fundamental, a de seu criador, Fernando Pessoa. Perturba-se com a sexualidade de Lídia. Perturba-se com a pretensa imobilidade de Marcenda. Perturba-se com a volta de Pessoa, agora um fantasma. Perturba-se, conforme percebem os criados:

> Comia sempre sozinho, Sempre, o que tinha era um costume, Qual, Quando nós íamos a tirar o outro talher da mesa, o que estava defronte dele, pedia que o deixássemos ficar, que assim parecia a mesa mais composta, e uma vez, comigo, até se deu um caso, Que caso, Quando

---

12. Gilles Deleuze, *Lógica do sentido*, p. 319. Os comentários no parágrafo seguinte valem-se das idéias do autor francês, mas poderiam se valer também das idéias de Alberto Caeiro: "O que não tem limites não existe. Existir é haver outra coisa qualquer e portanto cada coisa ser limitada". Ver Fernando Pessoa, "Notas para a recordação de meu mestre Caeiro", in *Obra em prosa*, p. 109. A constatação e análise dos paralelismos entre os poemas de Alberto Caeiro e a filosofia de Gilles Deleuze foram feitas por José Gil, em *Diferença e negação na poesia de Fernando Pessoa*.

lhe servi o vinho, enganei-me e enchi os dois copos, o dele e o da outra pessoa que lá não estava, não sei se está a perceber, Estou a perceber, estou, e depois, Então ele disse que estava bem assim, e a partir daí tinha sempre o outro copo cheio, no fim da refeição bebia-o de uma só vez, fechava os olhos para beber, Caso estranho, Saiba vossa excelência que nós, criados, vimos muitas coisas estranhas [...] (p. 270).

Ao final, abandonado na casa alugada, o mundo marginal se desintegra, os espaços de transição se esvaem, "as coisas perdem o seu contorno, como se estivessem cansadas de existir" (p. 400). O narrador se pergunta se isso será o "efeito de uns olhos que se cansaram de as ver" e informa: "Ricardo Reis nunca se sentiu tão só" (p. 400).

Lídia e Ricardo Reis

Se o Ricardo Reis de José Saramago se lembrasse de tudo o que o de Fernando Pessoa havia escrito — e não se lembra —, possivelmente teria mais de um motivo para sorrir ironicamente depois de encontrar a criada do hotel Bragança:

Como se chama, e ela respondeu, Lídia, senhor doutor, [...] vejamos como ficou Ricardo Reis a sorrir ironicamente, [...] Lídia, diz, e sorri. Sorrindo vai buscar à gaveta os seus poemas, as suas odes sáficas, lê alguns versos apanhados no passar das folhas, E assim, Lídia, à lareira, como estando, Tal seja, Lídia, o quadro, Não desejemos, Lídia, nesta hora, Quando, Lídia, vier o nosso outono, Vem sentar-te comigo, Lídia, à beira-rio, Lídia, a vida mais vil antes que a morte [...] (p. 48).

Eis como (res)surge a moça na vida de Ricardo Reis. Nas odes do poeta — e a personagem recorda-se de algumas no trecho citado —, foi o nome mais freqüente, apesar de ter sido "importada" (como Neera e Cloe), juntamente à estruturação poética e aos motivos principais, de Horácio.[13] Transcrevo os três primeiros quartetos da que principia por "Vem sentar-te..." (a 315):

Vem sentar-te comigo, Lídia, à beira do rio.
Sossegadamente fitemos o seu curso e aprendamos
Que a vida passa, e não estamos de mãos enlaçadas.
(Enlacemos as mãos.)

Depois pensemos, crianças adultas, que a vida
Passa e não fica, nada deixa e nunca regressa,
Vai para um mar muito longe, para ao pé do Fado,
Mais longe que os deuses.

Desenlacemos as mãos, porque não vale a pena cansarmo-nos.
Quer gozemos, quer não gozemos, passamos como o rio.
Mais vale saber passar silenciosamente.
E sem desassossegos grandes.

    Caso Ricardo Reis se recordasse do poema inteiro, e não apenas do primeiro verso, ele voltaria a rir ironicamente no terceiro encontro com Lídia (já citado), em vez de ter se "recriminado acidamente por ter cedido a uma fraqueza estúpida". Afinal, a seqüência de acontecimentos é, em outro contexto, a mesma da ode: "Não estamos de mãos enlaçadas... enlacemos as mãos... desenlacemos as mãos". Mas o "desassossego" é grande.

---

13. Além do já citado livro de Francisco Achcar, ver Maria Helena da Rocha Pereira, "Reflexos horacianos nas odes de Correia Garção e Fernando Pessoa (Ricardo Reis)", in *Temas clássicos na poesia portuguesa*.

Na transposição da Lídia de Ricardo Reis à Lídia de José Saramago, no entanto, não é o procedimento de absorção invertida de situações o mais comum. Para entender como ela deixa de ser uma mulher entre vírgulas, com vocação para eterno vocativo, e transforma-se em uma mulher do século XX, é preciso confrontá-la com a própria caracterização dos heterônimos.

Lídia é, depois de Ricardo Reis, a personagem mais assídua no romance. Não sofre profundas modificações ao longo da narrativa; o que muda é a percepção que dela se tem. As suas aparições iniciais já foram mencionadas. Na primeira, Ricardo Reis surpreende-se ao saber-lhe o nome e recorda-se de seus versos; na segunda, ambos riem de um "espetáculo" que vêem pela janela. Antes de ressurgir Lídia, dois eventos importantes acontecem: muda-se o ano, ou seja, a narrativa penetra em 1936, o ano da morte de Ricardo Reis, e entra em cena o fantasma de Fernando Pessoa, que trava com seu heterônimo a primeira conversação.

Em seguida, pouco antes de ser tocada por Reis, Lídia é descrita pelo narrador:

> [...] tem quê, seus trinta anos, é uma mulher feita e bem feita, morena portuguesa, mais para o baixo que para o alto, se há importância em mencionar os sinais particulares ou as características físicas duma simples criada que até agora não fez mais que limpar o chão... (p. 87).

O "até agora" indica que algo deve ocorrer. Depois de torturar-se três dias pelo toque, Reis reencontra a criada e diz, envergonhadíssimo, considerá-la uma mulher bonita. Ela sai do quarto, ele vai passear. Ao voltar para o hotel, à noite, percebe que sua cama está arrumada de modo diferente. Destranca a porta. Lídia chega, tem as mãos frias. Ele a toca novamente. Não sabe se deve beijá-la na boca.

A hesitação da personagem demonstra que, naquele momento, Lídia é encarada quase como uma prostituta. Faz parte da "sabedoria" popular: beija-se a namorada na boca, beija-se a esposa na boca, beija-se a amante na boca; não se beija, porém, a prostituta na boca. Acompanhe-se a estranheza e a dúvida da personagem: "[Lídia entra] furtiva e lhe pergunta, Está zangado, e ele mal responde, seco, *assim à luz do dia não sabe como deverá tratá-la*" (p. 102); "A si mesmo faz esta pergunta e não encontra a resposta, se *será ou não sua obrigação pagar a Lídia*, dar-lhe presentes, meias, um anelzito, coisas próprias para quem tem vida de servir" (pp. 102-3); "Não sabia que tinhas um irmão, Não calhou dizer-lhe, nem sempre dá para falar das vidas, Da tua nunca me dissestes nada, *Só se me perguntasse, e não perguntou*, Tens razão, não sei nada de ti, apenas que vives aqui no hotel e sai nos teus dias de folga, que és solteira e sem compromisso que se veja, *Para o caso chegou*, respondeu Lídia com estas quatro palavras, quatro palavras mínimas, discretas, que apertaram o coração de Ricardo Reis" (p. 171).

A postura da personagem perante a moça sofrerá avanços e recuos até o fim da narrativa. Lídia, por sua vez, cuidará do médico quando doente, interessar-se-á por seus problemas com a polícia, arrumará e fará faxinas no local em que ele decide morar, narrará o que se passa pelas ruas e engravidará. Estará constantemente presente, presença que reforça e tensiona a dificuldade de Ricardo Reis de ver, de notar que talvez ela fosse o seu reflexo aprimorado. É na criação dessa imagem outra e próxima que o diálogo entre os textos mais sutilmente ressurge. Para apreendê-lo, três trechos do romance merecem destaque:

> quando tal tiver de ser, diga-me assim Lídia não voltes mais a minha casa, e eu não volto, Às vezes não sei bem quem tu és, Sou uma criada de hotel, Mas chamas-te Lídia e dizes as coisas duma certa manei-

ra, Em a gente se pondo a falar, assim como eu estou agora, com a cabeça pousada no seu ombro, as palavras saem diferentes, até eu sinto, Gostava que encontrasses um dia um bom marido, Também gostava, mas ouço as outras mulheres, as que dizem que têm bons maridos, e fico a pensar, Achas que eles não são bons maridos, Para mim, não, Que é um bom marido, para ti, Não sei, És difícil de contentar, Nem por isso, basta-me o que tenho agora, estar aqui deitada, sem nenhum futuro, Hei de ser sempre teu amigo, Nunca sabemos o dia de amanhã, Então duvidas de que serás sempre minha amiga, Oh, eu, é outra coisa, Explica-te melhor, Não sei explicar, se eu isto soubesse explicar, saberia explicar tudo, Explicas muito mais do julgas... (p. 201).

Não é natural que eu a vá encontrar no meio de toda aquela multidão, Às vezes acontece, aqui estou eu na sua casa, e quem mo diria a mim, se quando veio do Brasil tivesse ido para outro hotel, São os acasos da vida, É o destino, Acreditas no destino, Não há nada mais certo que o destino, A morte ainda é mais certa, A morte também faz parte do destino... (p. 304).

de repente a cama estremece, os móveis oscilam, rangem o soalho e o teto, não é a vertigem do instante final do orgasmo, é a terra que ruge nas profundezas, Vamos morrer, disse Lídia, mas não se agarrou ao homem que estava deitado a seu lado, como devia ser natural, as frágeis mulheres, em geral, são assim, os homens é que, aterrorizados, dizem, Não é nada, sossega, já passou, dizem-no sobretudo a si próprios, também o disse Ricardo Reis, trêmulo do susto... (p. 353).

Evidencia-se nos três a "versão de sabedoria" de Lídia, o seu entendimento de vida e morte, de como viver e como morrer. No primeiro, ela diz: "Basta-me o que tenho agora, estar aqui deitada, sem nenhum futuro". Para alguém que, como Ricardo Reis, prega uma vida de contenção, o verbo "bastar" é, necessariamente, relevante: "Coroai-me de rosas/ E de folhas breves./ E basta" (312);[14] "Só ter flores pela vista fora/ Nas áreas largas dos jardins exatos/ Basta para podermos/ Achar a vida leve" (317); "Que vale o César que serias? Goza/ Bastar-te o pouco que és" (401); "Não pesa que amas, bebas ou sorrias:/ Basta o reflexo do sol ido na água/ De um charco, se te é grato" (416). O que basta para Lídia é o aqui, agora, o presente de uma situação feliz: "Mas tal como é, gozemos o momento" (316); "Deixa-me a Realidade do momento/ E os meus deuses tranqüilos e imediatos" (330).

O segundo trecho traz a concepção de futuro de Lídia ("Não há nada mais certo do que o destino... a morte também faz parte do destino"). O destino, o Fado, é outra palavra-chave para Reis: "Segue o teu destino" (340); "Sofro, Lídia, do medo do destino" (344); "Igual é o fado, quer o procuremos,/ Quer o 'speremos. Sorte/ Hoje, Destino sempre, e nesta ou nessa/ Forma alheio e invencível" (352); "O Fado cumpre-se" (369); "Cada um cumpre o destino que lhe cumpre,/ E deseja o destino que deseja;/ Nem cumpre o que deseja,/ Nem deseja o que cumpre.// Como as pedras na orla dos canteiros/ O Fado nos dispõe, e ali ficamos..." (434).

Como se vê, trata-se de um curioso diálogo. A criada Lídia está dialogicamente relacionada aos poemas que não conhece do poeta, médico e amante com quem vem de fato se relacionando. E Reis, que conhece a ambos — poemas e criada —, capta desse entrelaçar simplesmente uma estranheza: "Mas chamas-te Lídia e dizes as coisas de uma certa maneira". Ao olhar para ela, Reis percebe algo de diferente, mas não se dá conta de estar presenciando um tom e um comportamento tão conhecidos, o que talvez se explique pela atuação de cada um no terceiro trecho. Confrontados

14. Mencionarei os números das odes citadas entre parênteses junto à citação.

com a perspectiva concreta da morte, ela sucintamente resume a situação e a aceita, enquanto ele, trêmulo de susto, constata aliviado que o perigo já passou. A postura se ajusta ao esboço de retrato desse novo Ricardo Reis que, aos poucos, foi se configurando no romance. Trata-se de um ser perturbado, que, inserido no tempo, adquire o estatuto dos vivos: pode esquecer o que pregara no passado agora existente, pode temer o que acontecerá em um futuro não mais ideal.

Sabiamente ignorante, lúcida, crente no presente e despreocupada com a possibilidade da morte, tais características de Lídia configuram também uma outra imagem familiar a Ricardo Reis, com a qual ele tem muitos pontos em comum: Alberto Caeiro, o seu mestre. Basta compará-las com as do "pastor amoroso". Segundo Jacinto do Prado Coelho, para citar um exemplo, Caeiro vive de impressões, principalmente visuais; ele é lírico, espontâneo, instintivo e inculto e não quer saber nem do passado nem do futuro; é um poeta do real objetivo. Trata-se, porém, de um homem em luta consigo mesmo: a sua lucidez não lhe permite a felicidade completa.[15]

A semelhança já perceptível entre Lídia e o outro heterônimo fica ainda mais evidente se se lembrar da maneira como o Reis teórico e estudioso da poesia concebe o trabalho artístico de Caeiro. Citarei, a seguir, uma passagem de sua análise sobre o "guardador de rebanhos", introduzindo, entre parênteses, pequenas variações e ajustando a concordância:

> [Nesta mulher] aparentemente tão símplice, [o homem] se se dispõe a uma análise cuidada, hora a hora se encontra defronte de elementos cada vez mais inesperados, cada vez mais complexos.

---

15. Jacinto do Prado Coelho, *Diversidade e unidade em Fernando Pessoa*, especialmente, pp. 23-33. Trata-se de um dos primeiros e mais importantes estudos sobre o poeta português e a questão da heteronímia.

Tomando por axiomático aquilo que, desde logo, o impressiona, a naturalidade e espontaneidade [de Lídia], pasma ao verificar que ela é, ao mesmo tempo, rigorosamente unificada por um pensamento filosófico que não só a coordena e concatena, mas que ainda mais prevê objeções, antevê críticas, explica defeitos...[16]

Outra vez encontra-se um Ricardo Reis aparentemente em fuga. Além de si próprio, também de uma figuração muito próxima daquele a quem dedica o primeiro poema de seu "Livro de odes". Fuga em segundo grau que implicaria também fuga daquele Ricardo Reis primeiro:

> Nestas horas turvas a única fonte de consolação para a minha alma tem sido o manuscrito, que sempre me acompanha, de *O guardador de rebanhos*.[17]

Entretanto, sozinho no quarto, "não pensa em Marcenda, é de Lídia que se lembra", informação que o narrador dá acompanhada do usual comentário depreciativo, "provavelmente porque está mais ao alcance da mão" (p. 389). Pouco antes, ao saber que a criada estava grávida, reagiu com indiferença, depois com raiva, depois

---

16. Fernando Pessoa, *Obra em prosa*, p. 122; no original, a passagem é a seguinte: "Nestes poemas aparentemente tão símplices, o crítico, se se dispõe a uma análise cuidada, hora a hora se encontra defronte de elementos cada vez mais inesperados, cada vez mais complexos. Tomando por axiomático aquilo que, desde logo, o impressiona, a naturalidade e espontaneidade dos poemas de Caeiro, pasma ao verificar que eles são, ao mesmo tempo, rigorosamente unificados por um pensamento filosófico que não só os coordena e concatena, mas que ainda mais prevê objeções, antevê críticas, explica defeitos...".

17. As duas referências a análises feitas por Reis da obra de Caeiro — esta e a anterior — fazem parte de um dos vários prefácios que o poeta preparou para uma planejada edição da obra do mestre. Ver op. cit., p. 127.

os olhos de Ricardo Reis encheram-se de lágrimas, umas de vergonha, outras de piedade, distinga-as quem puder, *num impulso,* enfim sincero, *abraçou-a, e beijou-a,* imagine-se, *beijou-a muito, na boca,* aliviado daquele grande peso, na vida há momentos assim, julgamos que está uma paixão a expandir-se e é só o desafogo da gratidão (p. 356).

As palavras grifadas contêm o núcleo informativo da seqüência, as que não estão marcadas indicam inferências do narrador a partir dele. Distinga-as quem puder...

Marcenda e Ricardo Reis

Constatados dois supostos movimentos de fuga que, de fato, compõem um só, parte-se agora para o caminho inverso: a descrição dos dois movimentos de aproximação realizados por Ricardo Reis. O médico "busca" Fernando Pessoa e Marcenda.

A "rapariga de vinte anos, se os tem, magra, ainda que mais exato seria dizer delgada", é a única personagem do quarteto principal que não possuía uma "vida" anterior, é a única inteiramente inventada por Saramago. Sua "mão morta e cega" metafórica e metonimicamente representa um corpo impassível, um ser que contempla estático o mundo ao redor: sua potência em não agir seduz Ricardo Reis. Figura criada em clara contraposição a Lídia, Marcenda é seu oposto simétrico natural e, como tal, outro aspecto do reflexo no espelho de Reis. Convicta da inevitabilidade do destino, ela crê que "a vida é um desacerto de sortes", para em seguida acrescentar — de modo indiscutivelmente reisiano — "ponho as minhas flores na água e fico a olhar para elas enquanto lhe durarem as cores (p. 291)".

Marcenda é, por circunstâncias, Reis como Reis, hipoteticamente, se conceberia. E o poeta, na luta vã para (re)conquistar a si mesmo, precisa agir, torna-se outro e perde-se. O amor impossível reflui então para seu lugar de origem, volta para a poesia:

Saudoso já deste verão que vejo,
Lágrimas para as flores dele emprego
Na lembrança invertida
De quando hei de perdê-las
Transpostos os portais irreparáveis
De cada ano, me antecipo a sombra
Em que hei de errar, sem flores,
No abismo rumoroso
E colho a rosa porque a sorte manda Marcenda
Guardo-a, murche-se comigo
Antes que com a curva
Diurna da ampla terra. (p. 352)[18]

Ao contrário de Lídia, Marcenda sai da "vida" para virar vocativo, deixa de respirar para inspirar: renasce como musa. Ao produzir o poema motivado pelos acontecimentos recentes por que passara, Reis o faz modificando principalmente dois versos, o nono e o décimo, em relação à ode 427. Lia-se, originalmente:

E colho a rosa porque a sorte manda.
Marcenda, guardo-a; murche-se comigo [...]

18. Como se percebe, recompus aqui a forma do poema para tornar mais clara a análise das modificações efetuadas por Saramago. No romance, a sua "criação" surge entremeada de comentários do narrador.

É necessário analisar um pouco mais detidamente o que acontece com o poema devido a essa significativa mudança. A ode apresenta doze versos e três estrofes. Cada uma possui dois versos de dez sílabas e dois de seis sílabas. A alteração ocorre na última estrofe, que fica totalmente desbalanceada: passa a ter um verso com treze sílabas, um com sete e dois com seis. O cadenciamento rítmico perde-se com o prolongamento excessivo do nono verso. Morfologicamente, a palavra que sobe uma linha se transforma de adjetivo em substantivo próprio; sintaticamente, de adjunto adnominal em vocativo.[19] Para não precisar alterar seu esquema de pontuação e ainda assim não deixar nenhuma dúvida na divisão dos versos, o narrador faz com que seu Ricardo Reis escreva pela primeira vez o nome de uma musa sem o destaque provocado pela virgulação.[20] O novo poema é um poema "defeituoso" dentro dos padrões gerais perseguidos e pregados por Reis.[21]

O que significam, no contexto do romance, os "defeitos"?

Sem deixar o aspecto formal, verifica-se que apenas um Ricardo Reis afetado, incomodado, escreveria um poema seja com "erros", seja com alterações de modos fixos *a priori* pouquíssimo mutáveis em sua obra. Contudo, mais importante, a substantivação da palavra "marcenda" gera uma tênue — e decisiva — variação de sentido. Quando, no poema original, Reis colhe a rosa "por-

---

19. Ver a próxima nota.
20. Perceba-se que a palavra "Marcenda" também poderia ser vista como um objeto direto do, neste caso, verbo transitivo "mandar". Por um lado, isso seria ainda menos condizente com o "uso de musas" nos poemas de Reis e, por outro, acentuaria ainda mais a "crueldade" de que se falará a seguir, na análise das modificações no poema. De qualquer modo, essa opção analítica parece-me menos pertinente ao contexto da personagem.
21. Ainda que, como se verá no próximo capítulo, existam casos, na obra de Reis, de poemas que se valem de "sutis" desequilíbrios métricos para gerar acréscimos de sentido.

que a sorte manda", ela já está murchando (marcenda), é um ser decadente em estado de equilíbrio com o poeta, que afirma "murche-se comigo". A sorte, aqui, é simplesmente inexorável. Na reescritura, o poeta provoca a decadência da rosa ao arrancá-la; a ação de um homem a princípio passivo, contemplativo, instaura a ruína. O destino passa a ser cruel.

Ora, se as modificações do poema reescrito não são condizentes com o Ricardo Reis de Fernando Pessoa, elas mimetizam em escala microscópica as modificações do Ricardo Reis de José Saramago, que, na relação com Marcenda, força um encontro no teatro, cria situações de contato, escreve cartas, arranca beijos, viaja para Fátima e até faz um pedido de casamento.

Pense-se, por exemplo, a situação no teatro. Reis descobre, por intermédio de Salvador, o gerente do hotel, que o doutor Sampaio e a filha iriam assistir a *Tá Mar*,[22] peça de Alfredo Cortez. Não se trata, evidentemente, do tipo de "espetáculo" que atrairia o aprimorado gosto clássico do heterônimo, já que, como com acerto lembram Óscar Lopes e A. J. Saraiva, "partindo do naturalismo e passando pelo teatro de moralismo passadista, [Alfredo Cortez] renovou-se com recursos expressionistas em *Gladiadores* (1934), regressando depois a um teatro 'bem carpinteirado' de costumes regionais (*Tá Mar*, 1936) e de sátira burguesa".[23] Recordando-se de seu ideário primeiro, é o próprio Reis quem diz, posteriormente, que

> na minha opinião, a representação nunca deve ser natural, o que se passa num palco é teatro, não é a vida, não é vida, a vida não é representável, até o que parece ser o mais fiel reflexo, o espelho, torna o direito esquerdo e o esquerdo direito (p. 126).

22. Alfredo Cortez, "Tá Mar", in *Teatro completo*.
23. Óscar Lopes e A. J. Saraiva, *História da literatura portuguesa*, p. 1.161.

Ele está, entretanto, mudado e, pressionado pela amada, "gostou ou não gostou", confessa, "gostei" (p. 126), assim como já o fizera, com ainda mais ênfase, para Lídia, quando esta perguntara se o teatro havia sido bonito: "Foi, foi bonito" (p. 119).

O episódio no teatro, entretanto, ainda é importante por outra razão. É no desenrolar dele que Ricardo Reis e Marcenda são oficialmente apresentados. "Ricardo Reis, Marcenda Sampaio, tinha de ser, é o momento que ambos esperavam, apertaram-se as mãos, direita com direita, a mão esquerda dele deixou-se ficar caída, procurando apagar-se, discreta, como se nem existisse (p. 111)". E o mais relevante a apreender dessa circunstância é que ela ocorre durante uma encenação. O amor entre os dois, que ali parece ter suas primeiras manifestações, também é mediado por um espetáculo:

> Durante todo o terceiro acto dividiu a sua atenção entre o palco e Marcenda. Ela nunca olhou para trás, mas modificara levemente a posição do corpo, oferecendo um pouco mais o rosto, quase nada, e afastava de vez em quando os cabelos do lado esquerdo com a mão direita, muito devagar, como se o fizesse com intenção, que quer essa rapariga, quem é, que nem o que parece ser é sempre o mesmo (p. 112).

Na passagem citada acima, o observador do espetáculo do mundo torna-se, em um espetáculo, parte do espetáculo de um outro observador, o narrador, este que pergunta a si mesmo, "que quer esta rapariga, quem é" (mas a pergunta poderia ser feita por Reis, por inúmeros outros... Quem é?, Quain?), ampliando assim a margem de silêncio inerente a qualquer texto literário, aquele ponto em que o não-dito significa e impõe sentidos. Trata-se quase de uma reclamação de direitos traídos: afinal, o que faz essa criatura ao agir desse modo, desviando um pouco o seu rosto e um tanto o meu personagem de seus tão imutáveis propósitos, por que ela se intromete? O jogo (abismo?) aqui se inverte. Reclama-se no interior da narrativa de uma intromissão feita ainda mais internamente. O mesmo narrador que resolve contar a história de um personagem de outrem da maneira que lhe convém e interessa se sente contrariado por uma personagem "original" sua estar provocando mudanças em sua modificação. Ao que tudo indica, também esse narrador passa por um velado processo pedagógico, mas é provável — como se discutirá no próximo capítulo — que ele nunca venha a perceber a importância, na história que conta, do fim de seu raciocínio. É provável que ele não aprenda de fato como "nem o que parece ser é sempre o mesmo".

A estática Marcenda é quem mais atrai Ricardo Reis, é a ela que mais desesperadamente o médico e poeta busca, e é ela que, em sua imobilidade, mais alterações nele provoca. A personagem é a primeira a sair de cena. Deixa no ar um ambíguo "um dia" (p. 292), mas "a curva diurna da ampla terra" já ia adiantada e a desejada conquista de si mesmo fica, temporariamente ao menos, adiada.

FERNANDO PESSOA
E RICARDO REIS

No capítulo "Do arrependimento" do terceiro livro de seus *Ensaios*, Montaigne assim justifica a escolha do tema que o vinha ocupando por longos anos de trabalho:

> Tratam os escritores, em geral, de assuntos estranhos à sua personalidade; fugindo à regra — e é a primeira vez que isso se verifica — falo de mim mesmo, de Michel de Montaigne, e não do gramático, poeta ou jurisconsulto, mas do homem [...] Tenho contudo, a

meu favor, conhecer a fundo o meu assunto, e melhor do que ninguém, pois ninguém penetrou melhor o seu objetivo nem atentou mais seriamente para as suas decorrências.[24]

Único, o dilema enfrentado por Ricardo Reis na sua relação com Fernando Pessoa no romance dá-se por contraposição à afirmação do moralista francês. Ao longo de todo o seu último ano de vida, o médico põe-se e é posto permanentemente na dúvida, no paradoxo de não ser a *pessoa* que conhece a fundo e melhor do que ninguém a si mesmo. Autor do autor, a personagem Fernando Pessoa "sempre" sabe mais.

Logo no início do romance, antes de encontrar com o fantasma de seu criador, Reis arruma seus papéis e depara-se com a ode 423:

> *Vivem em nós inúmeros;*
> *Se penso ou sinto, ignoro*
> *Quem é que pensa ou sente,*
> *Sou somente o lugar*
> *Onde se sente ou pensa.*
>
> *Tenho mais almas que uma.*
> *Há mais eus do que eu mesmo.*
> *Existo todavia*
> *Indiferente a todos.*
> *Faço-os calar: eu falo.*
>
> *Os impulsos cruzados*
> *Do que sinto ou não sinto*
> *Disputam em que sou.*
> *Ignoro-os. Nada ditam*
> *A quem me sei: eu 'screvo.*

24. Michel de Montaigne, *Ensaios*, 3º vol., p. 153.

Depois de ler a primeira estrofe do poema — inserida no texto com uma modificação formal, a troca do ponto-e-vírgula do fim do primeiro verso por uma vírgula —, Reis reflete. Seu pensamento, concordando com o princípio estabelecido pelas cinco linhas iniciais, dá vazão a incertezas e intranqüilidades que não condizem com a seqüência da peça:

> Se somente isto sou, pensa Ricardo Reis depois de ler, quem estará pensando agora o que eu penso, ou penso que estou pensando o que sinto, ou sinto que estou sentindo no lugar que sou de sentir, quem se serve de mim para sentir e pensar, e, de quantos inúmeros que em mim vivem, eu sou qual, quem, Quain, que pensamentos e sensações serão os que não partilho por só me pertencerem, quem sou eu que outros não sejam ou tenham sido ou venham a ser (p. 24).

Vivenciando uma crise de identidade provocada claramente pela morte de seu criador, Reis não tem condição de dizer "faço-os calar: eu falo" e constata, sem compreender bem como, que não simplesmente "screve".[25] De que adianta ser "inúmeros", se não se é ninguém? Mas se se é ninguém, criação literária de um outro agora morto, como é possível saber-se vivo? "Estou vivo." Como é possível?

É essa sensação de abandono, de multiplicidade vazia, da falta de um laço primordial à própria vida, que possivelmente faz Reis retornar em busca de vestígios de um vínculo, à procura de rastros, visões, lugares, presenças para ajudá-lo a recompor uma sombra do sentido perdido. Antes, dois caminhos escondidos, de Portugal

---

25. Em seguida, vê seu nome no jornal, em artigo que comenta a morte de Pessoa: "na poesia não era só ele, Fernando Pessoa, ele era também Álvaro de Campos, e Alberto Caeiro, e Ricardo Reis [...]".

para o Brasil e da vida para a escrita; agora, dois caminhos escancarados e contrários, do Brasil para Portugal e da escrita para a vida. É este o segundo movimento de aproximação de Ricardo Reis, a sua segunda busca, na qual as conversas com Fernando Pessoa desempenham papel primordial.

No primeiro encontro entre "fantasma" e heterônimo ficam estabelecidas as regras do jogo a que Pessoa se submete: um bebê leva cerca de nove meses para vir ao mundo — época causadora de crescente expectativa —, ao término da vida, dá-se o contrário — nove meses é mais ou menos o tempo que a lembrança de quem morreu leva para esvair-se —, portanto o escritor pode vagar entre os vivos por esse período; com o passar dos meses, sua imagem e sua memória irão paulatinamente desvanecer-se; ele não pode ler, mas é capaz de tornar-se visível para quem deseja. Também no primeiro encontro — sintomaticamente situado no exato início do novo ano —, o leitor fica sabendo que outras conversas virão. Nelas, Fernando Pessoa reiteradamente exemplifica para Reis o que pode significar impassibilidade e problematiza a sua noção de existência individualizada. Recorde-se a formulação sumária do fantasma: "Leia-me e volte a ler-se" (p. 119).

As conversas de Reis e Pessoa configuram o "caso" entre personagens mais complexos da obra. Essa não é, entretanto, uma complicação intrínseca ao romance: ela é herdada. Ao pôr os poetas em contato/conflito, o romance retoma o aspecto mais polêmico da fortuna crítica pessoana, a orquestração da heteronímia, articulando elos dialógicos entre as personagens e a vastidão de intérpretes que se dedicam ao estudo do tema.

Ao que parece, é com os estudos de Eduardo Lourenço que não só a relação entre Reis e Pessoa montada por Saramago se ajusta, mas, de fato, toda a construção de semelhanças e divergências existente entre as principais personagens do livro. Para o crítico português, o heterônimo Ricardo Reis, por exemplo, representa uma espécie de terceiro grau do ortônimo Fernando Pessoa: é ele mesmo, mediado pela existência do heterônimo Alberto Caeiro.[26] O fato se repete, com variações de posição e de nível de distorção da máscara, em todas as combinações entre ortônimo/heterônimos. O ponto último, todavia, não se altera. É sempre um Pessoa possível. Em *O ano da morte de Ricardo Reis*, mantém-se o esquema, mas altera-se o ângulo. O ponto último no romance é o médico e poeta neoclássico. Como se tentou mostrar nos últimos dois itens, tanto Lídia quanto Marcenda aproximam-se — a primeira pelo que faz, a segunda pelo que não faz — de determinadas características do Ricardo Reis concebido originalmente por Pessoa. Mesmo este, na sua condição de "fantasma", limitado em quase tudo, menos em seu poder de observação, tremendamente ampliado, uma vez que pode ver sem ser visto e pode ir aonde quiser sem impedimentos, remete ao Reis ideal, cuja sabedoria consiste na máxima perspectiva de visão com a mínima chance de interferência. São todos Reis possíveis, como o é também, evidentemente, o Reis personagem.

A complexidade não pára aí. Se o médico cria com Lídia e Marcenda uma relação de igualdade e até mesmo de superioridade,

26. Eduardo Lourenço, *Fernando Pessoa revisitado*, p. 65.
A aproximação com o ensaísta português se dá, também, como não poderia deixar de ser, com ironia, ou mais ainda, como ironia da ironia: "Triunfo supremo e ironia suma: há hoje gente real, como só o gênero 'professor' o sabe ser, ocupada em identificar muito candoramente (e isso absolve tudo) cada uma das faces da sua inexistência transfigurada em pedaços do que havia na jarra original. Não falta muito para que Caeiro e Reis e Campos tenham ficheiro nos registros civis reais do nosso mundo irreal. Sempre tranquiliza um pouco essa aposição de nomes de gente viva nas sublimadas metamorfoses daquele que nunca pôde, em verdade, sentir-se existente, pela violência mesma com que desejou existir. A ficção engendrando a realidade, que confirmação mais ironicamente justa do seu sentimento de universal ficção?". Eduardo Lourenço, "Pessoa ou a realidade como ficção", in *Poesia e metafísica*, p. 167.

com Pessoa ocorre o contrário. Este é mais forte e resiste ao novo contexto, no qual perde o direito ao primeiro plano. Ao longo de suas idas e vindas, parece parafrasear constantemente Álvaro de Campos, seu outro heterônimo, nessa "revisita" de Reis a Lisboa: "Você não é nada/ você nunca pode ser nada". Graças à sua situação paradigmática de espectador ideal e às censuras que vai lançando a cada encontro — cenas que pontilham toda a narrativa —, Pessoa aos poucos contribui para a "desestruturação" do protagonista. Duplo do narrador, com quem compartilha a condição de espectador de um outro mundo e com quem se irmana na condição de autoridade anterior e superior, Fernando Pessoa busca conduzir Ricardo Reis para o Ricardo Reis por ele concebido e trilha caminho paralelo ao percorrido por aquele, que incessantemente busca mostrar ao leitor a impossibilidade de sua personagem em outro contexto que não as "Ficções do interlúdio".

A este, gente em drama, restaria então a fuga definitiva. Como o tempo de seu criador na Terra esgotou-se, o médico e poeta opta (opta?) pelo fim. Ontologia do não-ser, moral do não-agir, na epopéia negativa proposta por José Saramago, o Reis que sobra é o Reis primeiro, da epígrafe, como se as duas hipotéticas fugas (dele próprio e de Lídia) e as duas buscas (de Pessoa e Marcenda) se anulassem mutuamente na resultante final. Ao "fugir" com aquele que buscava, a personagem Ricardo Reis volta, sem *arrependimentos*, a ser o heterônimo Ricardo Reis, a ficção de segundo grau volta a ser ficção de primeiro grau. Ou, pelo menos, poder-se-ia pensar assim.

CAPÍTULO 4

UMA (COMPLETA) INVERSÃO DE PESSOAS: REIS VOLTA (PORQUE QUIS) A PERDER A COROA

*"Há quem afirme o contrário, não
soube a quem a frase se dirigira
nem o seu significado"*

*"Os outros enganam-se muitas
vezes, Também nós"*

"Há interessantes mudanças em Ricardo Reis"

*"Este doutor Reis não é o que
parece, há ali mistério"*

*"Vai sentar-se à secretária, mexe nos seus papéis
com versos, odes lhes chamou e assim ficaram, porque tudo tem de levar seu nome, lê aqui e além,
e a si mesmo pergunta se é ele, este, o que os
escreveu, porque lendo não se reconhece no que
está escrito..."*

O ano da morte de Ricardo Reis

COMO O LEITOR ATENTO DEVE TER NOTADO, este estudo apontou diversas vezes, e nos mais variados contextos, inversões de sentido, mudanças de sinal, deslocamento de ângulos. Não há acaso nisso.[1] Como uma epidemia devastadora, que em tudo se imiscui e a tudo contamina, o jogo dialético do diferente que é igual e do igual que é diferente está disseminado por todo *O ano da morte de Ricardo Reis*. E não somente como resultante do procedimento analítico, como ocorreu em questões pontuais até agora: no próprio corpo explícito do texto, nas vozes de personagens e do narrador. Tais indícios configuram um sintoma do qual só se vai falar depois de se ter trabalhado com a dissecação de alguns aspectos da doença não para reproduzir o jogo e provocar mais uma inversão, mas apenas em respeito à lógica interna da exposição aqui pretendida. O caminho é necessário para que, em seguida, seja possível justificar aquele "ou poder-se-ia pensar assim" que, incômodo, segue ressoando.

Cabe, então, passar à exibição de algumas provas. Em primeiro lugar, o igual que é diferente:

> Acompanha-o um bagageiro cujo aspecto físico não deve ser explicado em pormenor, ou teríamos de prosseguir infinitamente o exame, para que não se instalasse a confusão na cabeça de quem viesse a precisar distinguir um do outro, se tal se requer, porque deste teríamos de dizer que é seco de carnes, grisalho, e moreno, e de cara raspada, como daquele foi dito já, contudo tão diferentes, passageiro um, bagageiro outro (p. 15).

> logo regressa, ela, outra, a mesma e diferente (p. 114).

[1]. É a personagem Ricardo Reis quem diz: "Entenda a comparação ao contrário" (p. 94).

até o que parece ser o mais fiel reflexo, o espelho, torna o direito esquerdo e o esquerdo direito (p. 126).

Agora, o diferente que é igual:

...Lisboa, Lisbon, Lisbonne, Lissabon, quatro diferentes maneiras de enunciar, fora as intermédias e imprecisas, assim ficaram os meninos a saber o que antes ignoravam, e isso foi o que já sabiam, nada... (p. 12).

aqui precisamente mudam eles de direcção e sentido, o norte chama-se sul, o sul é o norte (p. 92).

Cumpramos o que somos, nada mais nos é dado, e arredou a folha de papel, murmurando, Quantas vezes já terei eu escrito isto doutras maneiras (p. 179).

Há, no entanto, uma maneira mais sofisticada para captar esses instantes e tentar compreender esse jogo, em que estão dispostos termos como superfície, verdade, realidade e os seus opostos naturais, profundidade, mentira, irrealidade. É um jogo, em resumo, em que as coisas não são o que parecem ser, exatamente como ocorre no contrato primordial implícito entre autor e leitor na ficção, propriedade constitutiva reiterada, como vem se mostrando, por essa ficção que é *O ano da morte de Ricardo Reis*. Trata-se — e será esse o próximo passo da análise, dividido em duas etapas — de ver como uma se imbrica na outra, de buscar momentos em que a ficção solicita a ficção. Isso já veio sendo feito no capítulo anterior, por exemplo, na discussão sobre a cena do teatro, irrupção de uma montagem cênica dentro do enredo, e os acontecimentos que em torno dela se passaram, ou nas análises das presenças intertextuais, traços fictícios que permeiam a narrativa. A diferença é que, agora, se privilegiarão aspectos de definição mais explícita da ficção na ficção, seguindo, entretanto, a mesma tipologia das anteriores: na linha da análise do teatro, ora serão debatidas cenas em que o narrador e personagens fingem ou atuam, ora determinados contextos que indicam a existência da "irrealidade" na realidade fictícia; na da discussão intertextual, se procurará indicar as razões do impedimento da leitura de um romance policial cujo título foi extraído de um conto de Jorge Luis Borges.

DIANTE DA LEI: O JOGO DA FICÇÃO NA FICÇÃO

A "mentira" é uma das mais persistentes formas de ficção em *O ano da morte de Ricardo Reis*. Informações equivocadas, justificativas falsas, comentários obscurecedores ou exagerados são usados com persistência, principalmente pelos dois "mentirosos-mor" da narrativa.[2] O primeiro é o protagonista. Ele, entre outras "artes" a que se presta, esconde de Lídia que sabia da chegada de Marcenda a Lisboa (p. 237) e da ida dela a Fátima (p. 304), não revela também a ela por que desistiu repentinamente de uma relação sexual que parecia incentivar (p. 287), inventa armadilhas para descobrir o que deseja saber dos funcionários do hotel, faz para o doutor Sampaio grandes elogios a respeito de um livro que considerara chatíssimo. Trata-se de artimanhas factuais que buscam inseri-lo menos abruptamente em contextos para os quais não estaria muito bem preparado, ou seja, sugerem que o poeta não se ajus-

---

2. Mas não só por eles: Lídia, os empregados do hotel, doutor Sampaio, o policial Victor, para citar alguns outros, também se valem de pequenas mentiras.

ta da maneira ideal nesse mundo em que se encontra. Numa hierarquia hipotética de mentiras, não seriam das mais graves.

No ensaio "La postulación de la realidad",[3] Borges distingue dois tratamentos literários para o conceito que dá título ao texto: um tratamento clássico, baseado na confiança, e um tratamento romântico, baseado na ênfase. Por contraposição, pode-se assumir que, no romance, o escritor neoclássico se vale de "irrealidades" da linhagem a que pertence. Suas falsificações implicam a quebra unilateral de um contrato de confiança estabelecido pelo convívio e incentivado pelas aparências. Como já deve estar claro a esta altura, o outro "mentiroso-mor" nessa história particular da infâmia é o narrador, que, a partir da mesma contraposição, se vincula ao tratamento romântico.[4] Ele não falseia o que conta, apenas enfatiza o que lhe convém, discorre com parcialidade sobre os eventos, às vezes se traindo ao deixar escapar a irritação que sente por sua personagem nem sempre atuar como ele gostaria, às vezes abusando da sua premissa de tudo poder. É o que acontece, por exemplo, quando comenta como nesse "nosso oásis de paz" os portugueses assistem, "compungidos, ao espetáculo duma Europa caótica e colérica" (p. 145) Após discorrer ironicamente sobre a Alemanha, a Inglaterra, a Itália, "não há povo no mundo que não tenha razões de queixa" (p. 146), ele muda a forma de se aproximar da questão com um artifício:

> Quando Fernando Pessoa vier, não há-de Ricardo Reis esquecer-se de lhe apresentar o interessante problema que é o da necessidade ou não necessidade das colônias, não do ponto de vista do Lloyd George,

3. Jorge Luis Borges, "La postulación de la realidad", in *Discusión*.
4. Trata-se de uma peculiar variação da mistura de estilos, fenômeno que, como se sabe desde Auerbach, é fundamental para a percepção da narrativa realista. Ver também Bakhtin, para quem "o estilo do romance é uma combinação de estilos". "O discurso no romance", op. cit., p. 74.

tão preocupado com a maneira de calar a Alemanha dando-lhe o que a outros custou tanto a ganhar, mas do seu próprio, dele, Pessoa, profético, sobre o advento do Quinto Império para que estamos fadados, e como resolverá, por um lado, a contradição, que é sua, de não precisar Portugal de colônias para aquele imperial destino, mas de sem elas se diminuir perante si mesmo e ante o mundo... Talvez Fernando Pessoa lhe responda, como outras vezes, Você bem sabe [...] talvez acrescente [...] Como eu mesmo sempre fiz, responderá Ricardo Reis (p. 146).

Em vez de polifonia escondida na monofonia, como ensina Bakhtin, monofonia disfarçada na polifonia, diálogo inventado dentro da invenção para que seja dito o que é preciso dizer, artifício que o narrador não tem escrúpulos de esconder, pois o considera legítimo: "Duas vezes improvável, esta conversação fica registrada como se tivesse acontecido, não havia outra maneira de torná-la plausível" (p. 148).

Cabe, então, perguntar o que de tão importante é dito nessa conversação que faça valer a pena o malabarismo fictício. Por meio dela, de início, o "inventor" consegue que Ricardo Reis se questione sobre um problema que provavelmente não estaria no seu horizonte de preocupações mais imediatas, o da necessidade ou não de colônias a partir do que foi escrito por Fernando Pessoa. Consegue também que este diminua a relevância da expectativa do Quinto Império em seus textos e que acabe por admitir que o ideário de seu heterônimo é que estava correto: "melhor teria feito afinal se me tivesse calado, apenas assistindo" (p. 146). Ele, que no início dessa mesma oração dissera não ter "princípios", afirma que deveria ter agido exatamente como aquele que o narrador busca criticar. Arma-se com isso uma operação lógica banal, mas sugestiva: se Pessoa não tem princípios e defende o ideário de Reis, este, que sempre defendeu tal ideário, também não os deve ter. Mas o trecho ainda não terminou. A seguir esse Pessoa reinventado põe em dúvida o que afirmara, pois os seus atos, suas palavras causam conseqüências, "continuam vivos", o que o faz duvidar que, mesmo morto, apenas assista. Chega-se, então, ao ponto-chave:

> Se um morto se inquieta tanto, a morte não é sossego, não há sossego no mundo, nem para os mortos nem para os vivos, Então onde está a diferença entre uns e outros, A diferença é uma só, os vivos ainda têm tempo, mas o mesmo tempo lho vai acabando, para dizerem a palavra, para fazerem o gesto, Que gesto, que palavra, Não sei, morre-se de a não ter dito, morre-se de não o ter feito, é disso que se morre, não de doença, e é por isso que a um morto custa tanto aceitar a sua morte... (p. 148).[5]

Há necessariamente algo de problemático nesse raciocínio travestido de conversa entre as personagens. Se a existência da morte é um dado invariável e se se morre por não ter dito "a palavra", não ter "feito o gesto", isso significa que toda morte decorre da mesma causa, todos os mortos são culpados do mesmo crime, uma omissão inevitável. Se esse pessimismo infinito vigorasse, no entanto, qual seria o sentido de questionar a postura do protagonista? Por que imputá-lo com um crime por todos cometido? Pode-se, conseqüentemente, imaginar que o raciocínio vale para o universo das "pessoas" em pauta. Pode-se inferir que o todo são Fernando Pessoa e Ricardo Reis, aqueles que "participam dessa conversa improvável". Portanto para o narrador — o autor do "plausível" diálogo — morre-se (morreu Fernando Pessoa e morrerá

---

5. Esse trecho é parafraseado, com menor intensidade, em outro diálogo entre Fernando Pessoa e Ricardo Reis: "[...] Tem razão, se calhar é o desespero de não terem dito o que queriam enquanto foi tempo de lhes aproveitar, Fico prevenido, Não adianta estar prevenido, por mais que você fale, por mais que todos falemos, ficará sempre uma palavrinha por dizer" (p. 182).

Ricardo Reis) por não ter sido dita a "palavra", não ter sido feito o "gesto". Guarde-se na memória essa acusação. O veredicto final a partir dela extraído será posto em discussão.

Para arrematar a análise de um exemplo dessa primeira forma de ficção na ficção, falta apenas concluir, tendo-se em vista o trecho citado, que o narrador "mente" para culpabilizar um "mentiroso".[6] Como se está aqui discutindo um romance de um escritor em cuja obra figura a citação de infindáveis provérbios, fica a tentação de dizer que, para o narrador, "ladrão que rouba ladrão tem cem anos de perdão" — e isso sem levar em conta o fato de as "mentiras" do último serem muito mais freqüentes e provocarem conseqüências mais danosas do que as do protagonista. Mas o provérbio não se aplica ao caso, porque, em defesa desse moralista[7] extremado, será de bom tom ressaltar que, ao contrário de Reis, ele não "mente" por "desonestidade". Lê os acontecimentos de acordo com sua visão de mundo e os relata. Quer convencer o leitor. Se no processo ocorrem distorções, disso ele não tem plena consciência. Mesmo quando inventa, como na conversa acima, o faz dentro do que julga verossímil. Ele nunca poderia, desse modo, pedir, como aquele outro Fernando Pessoa, em frase já recordada anteriormente: "Dá-me os óculos". Engana sem saber e, se, ao término, esta

---

6. "Na compreensão do discurso não é importante o seu sentido direto, objetal e expressivo — essa é a sua falsa aparência —, o que importa é a utilização real e sempre interessada desse sentido e dessa expressão pelo falante, utilização determinada pela sua posição (profissional, classe) e pela sua situação concreta. Quem fala e em que condições fala. Toda significação e expressão diretas são mentirosas." Bakhtin, "O discurso no romance", op. cit., p. 193.

7. "Se tivermos em conta a intenção da fábula, facilmente nos damos conta de que o universo de José Saramago se situa na linha dos nossos grandes moralistas do século XVII e numa tradição ficcional próxima do paradigma, glorioso e vivo, na nossa Península, do romance de cavalaria." Eduardo Lourenço, "Um teólogo no fio da navalha", op. cit., p. 186.

interpretação for bem-sucedida, se perceberá que enxergar que esse fato sucede significa enxergar que é ele o maior enganado, o maior perdedor (e aquela mesma tentação agora sopra no ouvido tenso e expectante do crítico: "o feitiço virará contra o feiticeiro"...).[8] Se quisesse se defender, algo que ele, aliás, consideraria sem razão, já que nunca se sentiu — de fato nunca foi — acusado, o narrador poderia inclusive invocar a repetição ocorrida pouco depois desse diálogo inventado como prova de que não fez nada de mais. Nessa cena, Pessoa e Reis conversavam em um café de bairro, e o primeiro resolve ir embora: "Boa noite, Ricardo, vem aí o carnaval, divirta-se, nestes próximos dias não conte comigo" (p. 154). Volta, contudo, e propõe:

"Veio-me agora uma idéia, era você disfarçar-se de domador, bota alta e calção de montar, casaco encarnado de alamares, Encarnado, Sim, encarnado é o próprio, e eu vinha de morte, vestido com uma malha preta e os ossos pintados nela, você a estalar o chicote, eu a assustar as velhas, vou-te levar, vou-te levar, a apalpar as raparigas, num baile de máscaras a prêmio nós ganhávamos [...] Já não estamos em idade para divertimentos, Fale por si, não por mim, eu deixei de ter idade" (pp. 154-5).

Espécie de mininarrativa inserida na narrativa, essa história do carnaval, que nesse ponto se inicia, tem o seu desenvolvimento

8. Como indicador da maestria do autor ao manipular as suas criações e, ao mesmo tempo, também em defesa desse narrador, por paradoxal que pareça, tendo em vista o que se infere que ele defenda a partir do que condena, pode-se ler o seguinte comentário: "Uma das causas principais da banalidade da literatura atual é certamente a decadência da mentira considerada como uma arte, uma ciência e um prazer social. Os antigos historiadores apresentavam-nos deliciosas ficções sob a forma de fatos, o moderno romancista oferece fatos estúpidos à guisa de ficções". Oscar Wilde, "A decadência da mentira", in *A decadência da mentira e outros ensaios*, p. 28.

nos acontecimentos da festa e sua conclusão fraturada em duas partes. Dessa abertura, convém reter alguns aspectos. Vou retomá-la aos pedaços:

> Veio-me agora uma idéia, era você disfarçar-se de domador, bota alta e calção de montar, casaco encarnado de alamares, Encarnado, Sim, encarnado é o próprio.

A crueldade plurissignificativa de Pessoa destaca-se.[9] Ele sugere que o médico se disfarce — o que o levaria à inefável situação de disfarce do disfarce do disfarce — de domador, colocando-o em evidente paralelo ao artista circense que tem total controle do universo fechado e artificial no qual se insere, mas que pode sucumbir a qualquer deslize. Em seguida, reiterando a ironia, joga com o duplo sentido da palavra "encarnado". Vermelho escarlate, cor-de-carne, seria o casaco de alamares, modelo de vestimenta chamativo que provoca espanto no discreto Reis e o induz a repetir incredulamente a palavra e a ouvi-la novamente, na boca do fantasma, não mais como adjetivo, mas como substantivo. Diz ele "sim, encarnado, é o próprio" para dizer "sim, espírito convertido em carne, materializado, é você mesmo". E o termo possui mais uma acepção, "encarnar" é gíria no Brasil para importunar, incomodar...

> e eu vinha de morte, vestido com uma malha preta e os ossos pintados nela, você a estalar o chicote, eu a assustar as velhas, vou-te levar, vou-te levar, a apalpar as raparigas, num baile de máscaras a prêmio nós ganhávamos.

9. Vê-se aqui em detalhe o que foi comentado de modo mais genérico no último item do capítulo anterior, quando se discutiu como, paulatinamente, Fernando Pessoa atua para tentar desestruturar Ricardo Reis.

Nesse segundo trecho, a corrosão internaliza-se. Pessoa ri de si mesmo, ao afirmar que usaria a fantasia da entidade genérica, a morte, da qual é um dos "membros", um morto. A risada se propaga por estar ele, outrora a entidade genérica, a conversar com um ser emancipado, *encarnado*, que um dia foi, o *próprio*, um de seus "membros". A risada atinge o volume máximo na gargalhada final, "num baile de máscaras a prêmio nós ganhávamos", cujo alvo é todo o complexo projeto da heteronímia?, mais do que provável vencedor de qualquer "baile de máscaras" que se queira encetar na história da literatura.

> Já não estamos em idade para divertimentos, Fale por si, não por mim, eu deixei de ter idade.

Por fim, como com freqüência se passa, a gargalhada vira silêncio, e, após replicar que deixou "de ter idade", Pessoa se levanta e vai embora. Ainda neste capítulo se tratará das imposições do tempo às personagens. Por ora, deve-se prosseguir até a continuação da mininarrativa. Chega o carnaval português:

> Ricardo Reis sente-se um pouco febril, talvez tenha apanhado um resfriamento a ver passar o corso, talvez a tristeza cause febre, a repugnância delírio, até aí ainda não chegou (p. 160).

Desorientado por não saber se voltaria a encontrar Marcenda, a quem, nessa altura, ainda não beijara pela primeira vez, febril, assiste passivamente a fragmentos da festa e "segue calado o seu caminho": "já reviu e reconheceu o carnaval de Lisboa, são horas de voltar ao hotel" (p. 161). É o que se dispõe a fazer quando se depara com um "cortejo de carpideiras, tudo homens vestidos de mulher". Dá algumas moedas e inicia a caminhada de retorno até julgar ter visto um "vulto singular" em meio ao funeral fingido, figura vestida com um tecido preto colado ao corpo e, sobre ele, o "traçado completo dos ossos, da cabeça aos pés". A figura percebe que fora notada e se afasta. Ricardo Reis, indagando-se se era Fernando Pessoa, deixa a passividade de lado, persegue-a, quase a correr, até vê-la entrar em uma taberna. Logo de lá o mascarado sai, surpreendendo o poeta, que não tem tempo de se afastar. Com uma voz que não "era de homem, era de mulher, ou a meio caminho entre macho e fêmea", inicia o áspero diálogo:

> Olha lá, ó burguesso, por que é que andas atrás de mim, és maricas ou estás com pressa de morrer, Não senhor, de longe julguei que era um amigo meu, mas pela voz já vi que não é, E quem é que te diz que não estou a fingir, realmente agora a voz era outra, indecisa também, porém de maneira diferente, então Ricardo Reis disse, Desculpe, e o mascarado respondeu com uma voz que parecia a de Fernando Pessoa, Vai bardamerda, e voltando as costas desapareceu na noite que se fechava (p. 164).

Tudo aí é ambigüidade, "meio caminho". Nem o leitor, nem o febril Ricardo Reis, nem o narrador (a "voz *parecia* a de Fernando Pessoa") possuem informações suficientes para decidir se o mascarado era ou não o fantasma. Em um funeral fingido de uma festa que se distingue pelo uso de fantasias um ser mascarado se passa pela morte. A regra geral é a indeterminação. Pode-se até supor que, ao colocar uma outra máscara, o genial criador de máscaras possa, por instantes, tentar ser ele mesmo, um ortônimo heteronimamente reelaborado: "o engano é necessário para que o limiar do proibido possa ser traspassado".¹⁰ Pelo que se viu até aqui, sem disfarces, sem o esconderijo propiciado pela ambivalência das palavras e pela ironia, sem *máscaras*, a agressividade, a contestação e a necessidade de rebaixamento regeriam o comportamento de Fernando Pessoa em relação a Ricardo Reis. Será uma hipótese tentadora, ainda mais por corroborar por outra via a análise, mas será uma hipótese. Se assim for, por outro lado, pode-se afirmar que nesse trecho o romance indica uma inflexão para um rumo que se tornará mais e mais importante, no qual assume papel preponderante o ilusório. A mininarrativa, no entanto, não alcançou ainda seu fraturado desfecho. Naquela noite, às vezes dormindo, às vezes acordado, Ricardo Reis se questiona "se a máscara era Fernando Pessoa". Resolve que, ao encontrá-lo:

> Havia de perguntar-lhe, diria ele a verdade, não diria, Ó Reis, então você não viu que se tratou duma brincadeira, ia-me lá eu agora fantasiar de morte, medievalmente, um morto é uma pessoa séria, ponderada, tem consciência do estado a que chegou, e é discreto, detesta a nudez absoluta que o esqueleto é, e quando aparece, ou se comporta como eu, assim, usando o fatinho com que o vestiram, ou embrulha-se na mortalha se lhe dá para querer assustar alguém, coisa a que eu, aliás, como homem de bom gosto e respeito que me prezo de continuar a ser, nunca me prestaria, faça-me você essa justiça, Não valia a pena ter-lhe perguntado, murmurou (p. 166).

10. Wolfgang Iser, *O fictício e o imaginário*, op. cit., p. 88. No estudo, em sua discussão sobre o romance pastoril, o teórico alemão enquadra a máscara como "paradigma da ficcionalidade, que se desnuda aqui e ali como engano, mas apenas para evidenciar que, a partir dela, todo engano é ao mesmo tempo uma descoberta" (p. 90); "o discurso encenado, enquanto discurso ficcionalizado [...], abre um espaço de jogo entre o sentido manifesto e o latente, cuja interação faz surgir aquela 'realidade' que só se concretiza por sua apropriação" (p. 81).

A pergunta prevista é feita quando os dois de fato se encontram, o que acarreta um complexo entrelaçar de diluição e permutação de autoria entre criador, criatura e narrador:

> Agora me faz lembrar, diga-me cá, afinal sempre se mascarou de morte no entrudo, Ó Reis, então você não viu que se tratou duma brincadeira, ia-me lá eu agora fantasiar de morte, medievalmente, um morto é uma pessoa séria, ponderada, tem consciência do estado a que chegou, e é discreto, detesta a nudez absoluta que o esqueleto é, e quando aparece, ou se comporta como eu, assim, usando o fatinho com que o vestiram, ou embrulha-se na mortalha se lhe dá para querer assustar alguém, coisa a que eu, aliás, como homem de bom gosto e respeito que me prezo de continuar a ser, nunca me prestaria, faça-me você essa justiça, Já esperava que a resposta fosse essa, ou aproximada (p. 182).

Literariamente esse entrelaçamento remete ao jogo heteronímico e, portanto, carrega uma "assinatura" que talvez pudesse ser levada em conta para o encerramento da indeterminação. Além disso, a exposição de Pessoa tende ao jocoso (qual é, por exemplo, a conclusão que se tira de saber que "medievalmente, um morto é uma pessoa séria"?), o que torna mais forte a hipótese de ser "ele mesmo" o agressivo folião: tira uma máscara para repor a outra, na qual se reafirma o "homem de bom gosto e respeito". De maior interesse para o debate que se está conduzindo, porém, é a percepção de que a resposta imaginada é idêntica à resposta concreta. O fingimento, conclui-se, pode ser real.[11] Seria esse o argumento que o

---

11. Constatação que reafirma a remissão ao jogo heteronímico feita na página anterior, pois evidentemente vincula-se a uma das premissas fundamentais da "poética" pessoana: "O poeta é um fingidor".

narrador talvez utilizasse para justificar aquela conversação "plausível", "duas vezes improvável", de que se falou há algumas páginas. Mas essa suposição eventualmente subestima o narrador, uma vez que nem o mais incompetente advogado de acusação teria dificuldades para comprovar que uma única ocorrência está tão próxima do contingente quanto do estabelecimento de uma lei geral. A evidência, por conseguinte, não o inocentaria do crime. Ela acrescenta, no entanto, uma nova peça ao jogo do igual que é diferente e do diferente que é igual, ou, para repor em circulação a terminologia citada no final do item anterior, é mais um caso dessa busca de momentos em que a ficção solicita a ficção[12] em *O ano da morte de Ricardo Reis*.

Voltando um pouco atrás, é importante notar que, na mesma noite em que imagina a resposta fingida, Ricardo Reis tem um importante sonho, uma outra forma de manifestação da ficção na ficção:

A noite foi de febre, mal dormida. Antes de se estender, fatigado, na cama, Ricardo Reis tomou dois comprimidos de cafiaspirina, meteu o termómetro na axila, passava dos trinta e oito, era de esperar, isto deve ser ponta de gripe, pensou. Adormeceu, acordou, sonhara com grandes planícies banhadas de sol, com rios que deslizavam em meandros entre as árvores, barcos que desciam solenes a corrente, ou alheios, e ele viajando em todos, multiplicado, dividido, acenando para si mesmo como quem se despede, ou como se com o gesto quisesse antecipar um encontro, depois os barcos entraram num lago, ou estuário, águas quietas, paradas, ficaram imóveis, dez seriam, ou vinte,

12. Na verdade, houve nesse trecho da análise a exposição de uma série de exemplos concatenados em que o fenômeno ocorre: indeterminação, carnaval, funeral fingido, fantasia, diálogo imaginado.

qualquer número, sem vela nem remo, ao alcance da voz, mas não podiam entender-se os marinheiros, falavam ao mesmo tempo, e como eram iguais as palavras que diziam e em igual sequência não se ouviam uns aos outros, por fim os barcos começaram a afundar-se, o coro das vozes reduzia-se, sonhando tentava Ricardo Reis fixar as palavras, as derradeiras, ainda julgou que o tinha conseguido, mas o último barco foi ao fundo, as sílabas desligadas, soltas, borbulharam na água, exalação da palavra afogada, subiram à superfície, sonoras, porém sem significado, adeus não era, nem promessa, nem testamento, e o que o fossem, sobre as águas já não havia ninguém para ouvir (p. 165).

Por uma quase imposição cultural, poucas ficções solicitam de maneira tão insistente uma interpretação quanto os sonhos. O crítico sempre pode temer estar forçando uma busca por ambigüidades e sentidos ocultos onde talvez eles não sejam tão relevantes. Quando se trata de um sonho inserido no corpo de uma narrativa, contudo, tal perigo é quase inexistente. Ele, normalmente, implora[13] por uma leitura que ilumine o seu conteúdo latente, leitura que pode, inclusive, ser feita por um personagem do texto e incorporada ao seqüenciamento da história que se conta. Não é, entretanto, o que se passa no trecho reproduzido acima. O sonho é descrito e dele não se fala mais. Ao descrevê-lo — e simultaneamente descrever as reações da personagem —, no entanto, o narrador facilita muito o empreendimento do intérprete. Os acontecimen-

---

13. Tal leitura não deixa de ser um discurso-resposta futuro: "Todo discurso é orientado para a resposta e ele não pode esquivar-se à influência profunda do discurso da resposta antecipada. O discurso vivo e corrente está imediata e diretamente determinado pelo discurso-resposta futuro: ele é que provoca esta resposta, pressente-a e baseia-se nela. Ao se constituir na atmosfera do já-dito, o discurso é orientado ao mesmo tempo para o discurso-resposta que ainda não foi dito, discurso, porém, que foi solicitado a surgir e que já era esperado. Assim é todo diálogo vivo". Bakhtin, "O discurso no romance", p. 89.

tos narrados não estão sendo relembrados posteriormente por quem os concebeu durante o sono ou por ele transmitidos, estão sendo passados ao leitor por um ser onisciente, cujo acesso ao seu conteúdo é irrestrito. Minimizam-se assim as complicações decorrentes do filtro severo da memória (transfigurada ocasionalmente em "resistência").

Uma paráfrase comentada, como em outras circunstâncias, deve dar bons resultados nesse cerco inicial ao sentido oculto.

> sonhara com grandes planícies banhadas de sol, com rios que deslizavam em meandros entre as árvores, barcos que desciam solenes a corrente, ou alheios [...].

No início, somos apresentados a uma paisagem idílica, na qual imperam a tranqüilidade e a ausência de conflito.

> e ele viajando em todos, multiplicado, dividido, acenando para si mesmo como quem se despede, ou como se com o gesto quisesse antecipar um encontro [...].

Observando o "espetáculo" desse mundo sem complicações está "ele", Ricardo Reis, presente em todos os barcos, pois é "inúmeros", mas também "dividido", pois não é ninguém, ou melhor, é uma assinatura fictícia ligada a uma série de poemas escritos por um outro. Mas esses inúmeros que são nada percebem que estão indo embora e se despedem, à espera de uma situação nova ("um encontro").

> depois os barcos entraram num lago, ou estuário, águas quietas, paradas, ficaram imóveis, dez seriam, ou vinte, qualquer número, sem vela nem remo, ao alcance da voz, mas não podiam entender-se os mari-

> nheiros, falavam ao mesmo tempo, e como eram iguais as palavras que diziam e em igual sequência não se ouviam uns aos outros [...].

Os barcos dos marinheiros, os vários Ricardo Reis, imobilizam-se nas águas "paradas" do "lago", "sem vela nem remo" não têm como sair dali e, apesar de estarem próximos uns dos outros, "ao alcance da voz", não conseguem se entender: presos no espaço, estão também presos em uma dimensão negativa do tempo, eternizante e indistinguível, na qual as palavras de todos são sempre as mesmas e ditas em "igual seqüência".

> por fim os barcos começaram a afundar-se, o coro das vozes reduzia-se, sonhando tentava Ricardo Reis fixar as palavras, as derradeiras, ainda julgou que o tinha conseguido, mas o último barco foi ao fundo, as sílabas desligadas, soltas, borbulharam na água, exalação da palavra afogada, subiram à superfície, sonoras, porém sem significado [...].

Inúteis e impotentes, os barcos e seus marinheiros afundam, e Ricardo Reis, ainda atravessando o seu próprio tormento pedagógico, portanto ainda muito próximo daqueles marinheiros, não consegue "fixar as palavras" proferidas pelo "coro de vozes". Ainda que dito, o "significado" daquela melodia monótona se afoga, vira bolhas de ar que se perdem na atmosfera.

> adeus não era, nem promessa, nem testamento, e o que o fossem, sobre as águas já não havia ninguém para ouvir.

O narrador não resiste a dar uma informação. Ele nos fornece opções negativas, diminuindo em três o número ainda assim infinito de alternativas restantes, e conclui que a solução está para sempre perdida.

Como já se disse, a presença de um sonho em um romance solicita interpretação. Se tal afirmação está correta, é razoável supor que exista *a priori* uma interpretação daquele que o conta e que ele o faça justamente porque deseja compartilhá-la ou, ao menos, sugeri-la: uma previsão do "discurso-resposta futuro" estudado por Bakhtin. O narrador escolhe desvelar naquela circunstância o recanto mais íntimo de sua personagem com alguma intenção provável. Com isso, o esforço interpretativo duplica-se: é preciso primeiro indicar o que o narrador supostamente pretendia para, a partir daí, propor, se for o caso, uma nova reordenação de sentido. Levando em conta o conjunto das discussões prévias, os dois passos são relativamente simples. Trata-se — para citar a terminologia psicanalítica, sem, contudo, pretender manter os significados adequados de cada um dos conceitos —, no primeiro passo, de uma condensação e, no segundo, de um deslocamento.

O narrador decide relatar o sonho porque julga que ele condensa a sua percepção do percurso e do destino de Ricardo Reis, um ser fragmentado e vazio que se limita à contemplação de um campo muito restrito e empobrecido da totalidade de aspectos da vida humana e que, ainda que momentaneamente incomodado pelo curto alcance de sua voz e por sua dificuldade de compreender o outro (e ele mesmo pode ser e é o outro), termina por sucumbir exatamente como sempre fora e leva com ele uma série de sons desconexos.

O segundo passo — o deslocamento — e, conseqüentemente, as implicações desse sonho serão momentaneamente deixados de lado: retornar-se-á a eles no último capítulo deste trabalho.

É preciso agora observar uma determinada passagem do romance que é de natureza semelhante à questão da resposta fraturada discutida acima, mas em sentido diverso. Nela, não se sugere que o real pode ser fingimento, e sim que este consegue penetrar nas malhas do real e, ocasionalmente, tomar seu lugar. O narrador — incomodado? — precisa tentar equilibrar a disputa e, para tanto, não se constrange de, outra vez, furtivamente burlar suas próprias regras tácitas[14] e lançar mão do ignominioso recurso de deixar Ricardo Reis "esquecido" nessa história que, não por acaso, leva o nome dele no título. A cena de que se vai falar surge no fim da narrativa e dá certa impressão de ausência de propósito, de exercer função pouco relevante.

Pouco antes, o espírito do leitor já é preparado pela descrição de "um espectáculo inédito, a saber, um simulacro de ataque aéreo a uma parte da Baixa" (p. 337). A ilusão, nesse "ensaio", está anunciada. Trata-se de um "simulacro", o que é reiterado algumas vezes nas linhas seguintes: "sendo isso *exercício de fingimento*, nenhum avião é derrubado [...] nem precisam de *simular* o lançamento das bombas [...] não a salvaria nem o patriótico nome *se o caso fosse a sério*" (p. 338). Os espectadores, atores involuntários ou não, descontrolam-se — riem uns, apavoram-se outros —, assim como o desenvolver do texto, que, misturando os registros, reconfigura a farsa e expõe o horror daquilo que é sem nunca ter sido: "o pior foi terem os jornais, no dia seguinte, dado a notícia de mortos reais e feridos verdadeiros" (p. 339). Mesmo a irrupção de uma tênue linha de normalidade, um alheio faxineiro, cumprindo sua missão sem se importar com o fluxo de estranhezas que o cerca em autoflagelação, logo perde seu poder redentor, destruído pela sobreposição do igual, um carteiro que, "com seu saco de correspondência", "cruza pacificamente a praça" (p. 341). Em meio a tudo, Ricardo Reis, especialista em espetáculos, é o único a se dar conta do surgimento inesperado dos dois trabalhadores. O pormenor, transformado em "caso pitoresco" na voz do poeta — disfarçado de

---

14. Como se discutiu no segundo capítulo.

narrador e herdeiro momentâneo das características do duplo provisório —, como não poderia deixar de ser, diverte Lídia, que "ouvia com atenção, com pena de não ter lá estado também" [...], "Ai, que graça, o homem do lixo" (p. 342).

É com o espírito preparado por essa demonstração cabal da facilidade com que o simulacro penetra na vida e acaba por tornar engraçado o mínimo de resistência por ela imposta que se chega ao antepenúltimo capítulo do livro, em cujas primeiras linhas se lê:

> O Victor está nervoso. Esta missão é de grande responsabilidade, nada que possa ser comparado à rotina de seguir suspeitos, aliciar gerentes de hotel, de interrogar moços de fretes que declaram tudo logo à primeira pergunta. Leva a mão direita à anca para sentir o volume reconfortante da pistola, depois, com a ponta dos dedos, devagarinho, extrai do bolso exterior do casaco um rebuçado de hortelã-pimenta (p. 365).

Recapitulam-se nelas as atividades exercidas pelo policial até então no enredo e, indiretamente, a marca registrada da personagem, o incrível cheiro de cebola, a ser inutilmente combatido pelo "rebuçado de hortelã-pimenta", e introduz-se o leitor em um clima de romance policial, de mistério: que missão será essa? O suspense aumenta:

> Ocultos pelos troncos das árvores, disfarçados nos vãos da porta, estão os ajudantes do Victor, à espera do sinal para a aproximação silenciosa que há-de preceder o assalto (p. 365).

Segue-se uma averiguação do local, um jogo de sinais indicativos da ação a ser tomada, o retorno do cheiro de cebola e finalmente a invasão. "Ninguém se mexa." A felicidade pelo cumprimento da tarefa é substituída pela decepção. Um homem escapou, o "figurão mais importante". "Cambada de incompetentes."

A seqüência dura mais de três páginas. Ela não decorre de nada que tenha acontecido antes. Não há nela nenhuma pista para indicar do que se trata e, principalmente, não está nela Ricardo Reis. À medida que ela evolui, imagina-se se o poeta estará entre os presos, tenta-se descobrir qual será o seu desfecho. E ele irrompe, seco, destruindo todas as expectativas, após uma vírgula, quando a violência atingia o seu ápice:

> Ou falam, ou ficam aqui todos mortos, os ajudantes firmam a pontaria das pistolas, o da soqueira aconchega os dedos, então o realizador diz, Corta (p. 368).

Onde se suponha encontrar brutalidade, descobre-se pilhéria. Era um filme, ainda que o policial tenha dificuldades para aceitar a representação:

> O Victor ainda vai no balanço dos desabafos, não consegue calar-se, o caso para ele é a sério, Dez homens para prenderem cinco, e deixam escapar o principal, o cabeça da conspiração, mas o realizador intervém, bem-disposto, a filmagem correu tão bem que não precisa ser repetida (p. 368).

O leitor quase compartilha o desapontamento do compenetrado ator, que, na continuação da cena, é instado a reassumir o papel para a gravação de um outro plano e não desiste de lamentar o fracasso da ação. A primeira oração do novo parágrafo — o segundo do capítulo — aponta o frágil paralelismo que justificaria o enxerto. O narrador reassume, então, o seu perfil digressivo e discorre sobre o tempo, dilemas alemães, italianos, espanhóis e finalmente portugueses. Depois, no parágrafo posterior, reencontra-se Ricardo Reis. Com cortes, em concordância ao contexto fílmico, eis os principais quadros da seqüência comentada:

> O Victor já desceu com a sua esquadra, levam os prisioneiros algemados, têm uma tal consciência do seu dever de polícias que até esta comédia levam a sério, tudo quanto é preso deve aproveitar-se, mesmo sendo a fingir.
> Outros assaltos se estão premeditando. Enquanto Portugal reza [...] A não ser que tudo isto não seja mais que outra premeditação de assalto, já com argumento escrito, operador à máquina, faltando apenas que o realizador dê a ordem, Acção.
> Ricardo Reis lê os jornais [...] Lê Ricardo Reis os jornais e acaba por impor a si mesmo o dever de preocupar-se um pouco. A Europa ferve, acaso transbordará, não há um lugar onde o poeta possa descansar a cabeça [...] (pp. 369-70).

O esforço criativo parece excessivo para se acreditar que tudo tenha sido dito apenas para justificar aquele "Outros assaltos se estão premeditando". Não se trata de mera comparação entre "ataques" de magnitudes diferentes. Para capturar de modo adequado o que a movimentação do olhar do narrador parece sugerir — o suposto filme/a quebra de expectativas/a decepção do Victor/a situação da Europa/a leitura de Ricardo Reis/a situação da Europa, novamente/a situação de Ricardo Reis —, talvez seja suficiente rememorar o início do capítulo. Lá, toma-se conhecimento do nervosismo do policial, provocado pela "responsabilidade da missão", que não poderia ser equiparada a nenhuma de suas tarefas habituais. A "missão", fica-se sabendo só depois, diz respeito ao universo da ficção, assunto mais importante do que o trabalho do dia-a-dia, a rotina do corrompido ofício investigativo. E é tão importante, que, mesmo consciente da ilusão, Victor não se conforma com a fuga de um prisioneiro ("tudo quanto é preso deve aproveitar-se, mesmo sendo a fingir"). É quase a ilustração de uma tradição literária muito próxima à do teatro do mundo, de que se falou no capítulo anterior, a de que a "vida é sonho" (ou "pesadelo" e, em qualquer um dos casos, novamente, "fingimento"), ainda que um sonho estranho, no desenrolar do qual se sente um fortíssimo cheiro de cebola, refluxo do real a corromper um tanto o ambiente.

O paralelismo adquire outro *status*. É da fragilidade da percepção que se está a falar e, principalmente, dos instrumentos disponíveis para exercê-la. Qualquer mediação — e o narrador, em seus comentários e descrições, é um mediador — impõe filtros e implica a existência de pontos cegos. Álibi para um, compromisso, sarcasticamente apresentado, para o outro:

> [...] Lê Ricardo Reis os jornais e acaba por impor a si mesmo o dever de preocupar-se um pouco. A Europa ferve, acaso transbordará, não há um lugar onde o poeta possa descansar a cabeça (p. 370).

O narrador insistentemente reforça pela apresentação de exemplos a idéia de que a apreensão da história pela percepção do outro é perigosa. Eximir-se da responsabilidade de acompanhar o espetáculo do mundo por conta própria — "sujeita(r)-se ao que lhe dão" (p. 265) — é arriscado, como está aí para atestar a parasitária vida dos dois velhos rancorosos ou, acima de tudo, como deixa patente o caso do milionário norte-americano John D. Rockefeller, farsa da qual Ricardo Reis é informado ao, "deslumbrado", lê-la no jornal. É uma

> edição de exemplar único, falsificada de uma ponta à outra, só com notícias agradáveis e artigos optimistas, para que o pobre velho não

tenha de sofrer com os terrores do mundo e suas promessas de pior [...] assim o *New York Times* possa continuar, todos os dias, a imprimir-lhe a felicidade" (p. 265).

Portanto, além de o fingimento poder ser real, como na idêntica resposta fraturada que Fernando Pessoa dá a Reis, o real pode ser fingimento, o que, no mínimo, deixa tudo embaralhado. O narrador, em sua defesa, tentaria mostrar que essa confusão justifica pelo menos duas coisas, que acabam por, de modo circular, também justificar uma à outra: é possível, sim, inventar diálogos verossímeis ou enfatizar aspectos selecionados dos acontecimentos, pois é difícil determinar a linha que separa a "realidade"[15] da ilusão, o que acaba por conceder a quem assim o deseja uma margem de (narr)ação ampla; em razão dessa dificuldade, é inadmissível a postura contemplativa de Ricardo Reis, a sabedoria não está em se contentar com um espetáculo, é preciso se inserir nele e, a partir da vivência, da participação, da experiência adquirida, inclusive pelo sofrimento, estabelecer margens e ampliar o conhecimento do mundo e de si mesmo.

Talvez não seja falha a trilha percorrida por essa defesa fictícia entabulada em nome do narrador (que assim, a propósito, experimenta um pouco de seu próprio veneno). A falha está em outro ponto, no fato de ele tentar incapacitar o leitor para perceber[16] a efetividade das modificações por que passa Ricardo Reis ao longo do enredo, em decorrência das novas vivências, em decorrência da passagem do tempo. Ou seja, seria possível dizer — se isso não sig-

---

15. Ressalta-se que o uso da palavra "realidade" sempre implica a noção de "realidade da ficção".

16. Por não ser capaz de perceber ele mesmo, enganado, em vez de enganador, ainda que os seus comentários em trechos que serão apresentados em breve indiquem rastros de um certo reconhecimento de suas atitudes.

nificasse anular a existência do livro, o que a tudo anularia, objetivo muito distante do que se está a perseguir — que os procedimentos escusos que primeiro motivaram as acusações não teriam sido necessários. Para indicar com maior precisão no texto as "modificações" e começar a procurar indícios dessa "efetividade", este estudo manterá a discussão de momentos em que a ficção solicita a ficção, centrando o foco, agora, na ascensão do poder imaginativo do protagonista.

O ROMPANTE IMAGINATIVO

O andamento de O ano da morte de Ricardo Reis não se baseia nem no protagonista nem no narrador. É, em sua imobilidade, Marcenda, ficção original, que dita a cadência dos acontecimentos. Se o romance for dividido em três partes, do início até, aproximadamente, o momento em que Ricardo Reis conhece a moça, desse ponto até a recusa da proposta de casamento e daí até o final, delineiam-se algumas tendências nos modos de atuar tanto do protagonista quanto do narrador.

Na primeira parte, Ricardo Reis está ainda próximo de sua concepção original e atua com tranqüilidade e distanciamento, o narrador está contido, usa moderadamente a ironia e as digressões: aceleração mínima da passagem do tempo; etapa de descrições, condizente com a necessidade de introduzir as personagens e o ambiente.

Na segunda parte, Ricardo Reis está se alterando, a sua rotina se divide em momentos de expectativa (Marcenda ausente/acontecimentos se aceleram) e momentos de fruição (Marcenda presente/acontecimentos se distendem), o narrador intensifica o uso da ironia e das digressões, com ênfase menor na presença de Marcenda e maior na ausência: aceleração média da passagem do tempo; etapa de aprendizagem e de experimentação.

Na terceira parte, Ricardo Reis já está, em grande medida, alterado; a sua rotina se divide entre os eventos do mundo "real" (sofrimento, Marcenda como ente inalcançável) e do mundo "imaginário" (desejo e frustração, Marcenda como ente inextinguível), acontecimentos se aceleram no mundo "real" e se distendem no mundo "imaginário", o narrador faz uso máximo da ironia e das digressões, ao ponto de subverter a ordem e transformar a digressão em instância motivadora de seu olhar para Ricardo Reis (cena da filmagem com Victor): maior aceleração da passagem do tempo; etapa da perda das ilusões e da opção definitiva.

Em termos cronológicos, a primeira parte leva de poucos dias a um mês, ou seja, o leitor afasta-se dela à medida que se aproxima o primeiro encontro real de Ricardo Reis e Marcenda, na cena do teatro (fim de janeiro). A segunda parte ocupa por volta de três meses, o afastamento definitivo ocorre pouco antes do Dia do Trabalho (maio); a última, mais ou menos quatro meses. O número de páginas utilizado para cada período é inversamente proporcional: cerca de 100 para a primeira parte, 180 para a segunda e 125 para a terceira. Tais valores, portanto, se encaixam coerentemente com a "aceleração" de cada uma das seqüências.[17]

Muito do que está sintetizado acima sobre a divisão do livro já foi discutido anteriormente. Se se quiser inserir Fernando Pessoa e Lídia nessa estrutura que tem Marcenda como força reguladora,

---

17. Adotando outro critério (a divisão do número de páginas por dia de narrativa), Maria Lúcia Allemand chega a um gráfico de outro perfil, no qual se percebe um ritmo por capítulos bastante oscilatório. Ver *Tempo e voz: o percurso trágico-ideológico na narrativa de José Saramago*, p. 89.

basta pensar, a partir da análise particular que cada um mereceu no capítulo 3, que o primeiro atua, na linha do narrador, como uma força que busca tirar o protagonista do eixo (tentando impedir e, depois, desestabilizar as alterações por que ele passa), e a segunda, como força contrária, objetivo que ela atinge fugazmente no período em que, em férias do hotel Bragança, passa a ir todos os dias à casa do poeta. Existem, no entanto, aspectos mencionados pela primeira vez a requisitar atenção, principalmente a introdução desse "mundo imaginário", indicado como fator decisivo da terceira parte.

Uma carta de Marcenda desencadeia, ainda de modo tímido, o processo. A personagem conta ao médico que deve ir a Lisboa apenas mais uma vez, que o pai pretende levá-la a Fátima, em peregrinação, à espera de um milagre para sua mão, e que, refletindo sobre a relação de ambos, concluíra que ela não teria futuro. Provavelmente assustado com o teor da mensagem, Ricardo Reis deixa "correr a *imaginação*" e logo experimenta fingir o seu desligamento do conflito:

> Dorme, dorme, ainda tinha a carta entre os dedos frouxos, e, para dar maior verossimilhança ao ludíbrio com que fingia enganar-se, deixou-a cair, agora adormeceu, suavemente, vinca-lhe a testa uma ruga inquieta, sinal de que afinal não está dormindo, as pálpebras estremecem, não vale a pena, nada disto é verdade (p. 269).

A ruga inquieta que lhe vinca a testa expande-se pelo corpo e o imobilismo naquele momento desejado resolve se manifestar depois. Diante de uma Lídia perplexa e confusa, um Ricardo Reis perplexo e confuso experimenta a impotência: "ela vai infeliz, ele infeliz fica, ela sem saber que mal terá feito, ele sabendo que mal lhe aconteceu" (p. 287). Se a cura desse mal implica a descoberta da origem do problema, nesse caso ela seria fácil e, de fato, um beijo foi suficiente para resolver a questão:

> Então como uma alta cascata, trovejando, o sangue de Ricardo Reis desce às profundas cavernas, metafórico modo de dizer que se ergue o seu sexo [...], Sentiu-o Marcenda, por isso se afastou, para tornar a senti-lo se aproximou outra vez, as bocas não se tinham separado, enfim ela gemeu, Tenho de ir, saiu-lhe dos braços, sem forças sentou-se numa cadeira, Marcenda, case comigo, disse Ricardo Reis, ela olhou-o, subitamente pálida, depois disse, Não, muito devagar o disse, parecia impossível que uma palavra tão curta levasse tanto tempo a pronunciar, muito mais tempo do que as que disse depois, Não seríamos felizes (p. 293).

A recusa à proposta de casamento — para o poeta neoclássico, heresia das heresias: o rito de compromisso por excelência da nada pagã simbologia judaico-cristã — instala, definitivamente, Ricardo Reis em seu "surto" imaginativo. Ao receber, após poucos dias, uma carta na qual a moça pede que ele não mais escreva para ela, surge o primeiro devaneio. A personagem começa a *inventar* o que diria em uma fictícia resposta:

> *Imagina* as reacções de Marcenda, a surpresa, a admiração, se a tempo lhe houvesse dito, Sabe, Marcenda, que eu sou poeta, num tom assim desprendido, de quem não atribui à prenda grande importância [...] (p. 297).

Em seguida, *imagina* um confronto entre Lídia e Marcenda, "que conversas haveria entre elas, se falariam de mim cada uma sem suspeitar da outra, ou, pelo contrário [...]" (p. 305). Resolve ir até

Fátima, também ele à espera de um milagre. No caminho, "*constrói na imaginação* uma cena" (p. 308), toca no seio da amada e cura a paralisia. Ao chegar, "junta-se ao fluxo dos peregrinos" e "*põe-se a imaginar* como será um tal espectáculo visto do céu, os formigueiros de gente avançando de todos os pontos cardiais e colaterais (p. 312). O milagre não acontece e a Ricardo Reis "tudo parece absurdo": "quando foi que vivi" (p. 315). *Vê-se*, então,

> como um ser duplo, o Ricardo Reis limpo, barbeado, digno de todos os dias, e este outro, também Ricardo Reis, mas só de nome, porque não pode ser a mesma pessoa o vagabundo de barba crescida, roupa amarrotada, camisa como um trapo [...], um pedindo contas ao outro da loucura que foi ter vindo a Fátima sem fé, só por causa duma irracional esperança, E se você a visse, o que é que lhe dizia, já *imaginou* a cara de tolo que faria se ela lhe aparecesse pela frente, ao lado do pai [...], nunca *imaginei* que você fosse capaz de cenas tão ridículas (p. 320).

O Ricardo Reis primeiro questiona as atitudes do segundo pedindo para que ele faça exatamente o que tem feito de modo incessante, "imaginar", e diz que ele próprio nunca teria podido fazer o mesmo, "imaginar". A palavra, estrutura mínima do texto, antecipa e reproduz o processo analítico. Não há melhor testemunho para comprovar que o poeta está alterado do que o dele mesmo — e raras vezes um "ele mesmo" agregou tantos significados. A auto-análise, porém, continua e Ricardo Reis faz o inventário de suas ambições. Julga que nada busca, que "é contentamento bastante olhar o rio e os barcos que há nele [...] e no entanto não dá por que esteja dentro de si a felicidade, antes o surdo roer de um insecto que mastiga sem parar, É o tempo, murmura" (p. 322), para, mais uma vez, *imaginar*:

Pergunta a si mesmo como se sentiria agora se tivesse encontrado Marcenda em Fátima, se, como se costuma dizer, tivessem caído nos braços um do outro, A partir de hoje nunca mais nos separaremos, foi quando te julgava perdida para mim que compreendi quanto te amava, e ela dizia palavras semelhantes, mas depois de as terem dito não sabem que outras dizer (p. 322).

O ruído do inseto retorna e Ricardo Reis — quase curado dos "vôos" imaginativos — acrescenta uma variável à sua sabedoria, "Não há resposta para o tempo, estamos nele e assistimos, nada mais" (p. 323). Verbalizada, a lição precisa ser posta à prova antes de ser "definitivamente" assimilada. Inserido no mundo, consciente da inexorabilidade da "passagem das horas", o poeta precisa se certificar de que, por um lado, todo ato previsto mas não executado resulta em projeto fracassado e de que, por outro, todo ato praticado põe em movimento forças que fogem ao controle de quem o executou, sem, em razão disso, deixar de envolvê-lo: o *carpe diem* não lhe é suficiente. Eis por que ele "lembra" que

> Lídia está grávida, de um menino, segundo ela de cada vez afirma, e esse menino crescerá e irá para as guerras que se preparam, ainda é cedo para as de hoje, mas outras se preparam, repito, há sempre um depois para a guerra seguinte, façamos as contas, virá ao mundo lá para Março do ano que vem, se lhe pusermos a idade aproximada em que à guerra se vai, vinte e três, vinte e quatro anos, que guerra teremos nós em mil novecentos e sessenta e um, e onde, e porquê, em que abandonados plainos, com os olhos da imaginação, mas não sua, vê-o Ricardo Reis de balas traspassado, moreno e pálido, como é seu pai, menino só da mãe porque o mesmo pai não o perfilhará (p. 390).

Simultaneamente a tais acontecimentos — "reais" ou imaginários — na vida do protagonista, o narrador faz todo esforço para deixar claro que o continente europeu está se desintegrando e lança mão, com intensidade redobrada, de longas e ásperas descrições dos eventos; Fernando Pessoa, também quase desintegrado — pois seu período de nove meses está se esgotando —, questiona como nunca a identidade do heterônimo ("Conheço seus versos de cor e salteado, os feitos e os por fazer", p. 362); e Lídia — atraída, pela força gravitacional do irmão engajado, para um complexo labirinto de interesses políticos e posições ideológicas — não consegue reconhecer o amante, ser perturbado em meio às suas mudanças, certezas e hesitações, e planeja um afastamento ("Assim exposto, é um homem quase velho. Olhou-o como se fosse um estranho, depois, sem rumor, saiu. Vai a pensar, Não volto mais, mas a certeza não tem", p. 392).

Mas a variável "tempo" mencionada acima precisa ser apreendida com maior nitidez. Por isso, vai-se passar, no próximo item, para o segundo tipo de ficção na ficção anunciado no início deste capítulo, fenômeno que se manifesta não no encadeamento narrativo, como os que se estudaram nas páginas precedentes, e sim na própria matéria-prima utilizada para construir a obra, em um estranho e enigmático jogo intertextual que, por acrescer ao romance um aparente significado confirmador, encobre as suas entranhas dissonantes.

BORGES E AS ENTRANHAS DA FICÇÃO

Ricardo Reis não consegue parar de iniciar a leitura do romance *The god of the labyrinth*, de Herbert Quain, uma clara alusão ao livro fictício escrito pelo autor fictício do conto "Examen de la obra de Herbert Quain", incluído nas *Ficciones*, de Jorge Luis Borges, ao longo de toda sua estada portuguesa.[18]

18. O trecho do conto diretamente ligado a este estudo é o seguinte: *"Herbert Quain ha muerto en Roscommon; he comprobado sin asombro que el Suplemento Literario del Times apenas le depara media columna de piedad necrológica, en la que no hay epíteto laudatorio que no esté corregido (o seriamente amonestado) por un adverbio. El Spectator, en su número pertinente, es sin duda menos lacónico y tal vez más cordial, pero equipara el primer libro de Quain — The God of the Labyrinth — a uno de Mrs. Agatha Christie y otros a los de Gertrude Stein: evocaciones que nadie juzgará inevitables y que no hubieran alegrado al difunto. Este, por lo demás, no se creyó nunca genial; ni siquiera en las noches peripatéticas de conversación literaria, en las que el hombre que ya ha fatigado las prensas, juega invariablemente a ser Monsieur Teste o el doctor Samuel Johnson... Percibía con toda lucidez la condición experimental de sus libros: admirables tal vez por lo novedoso y por cierta lacónica probidad, pero no por las virtudes de la pasión. Soy como las odas de Cowley, me escribió desde Longford el seis de marzo de 1939. No pertenezco al arte, sino a la mera historia del arte. No había, para él, disciplina inferior a la historia.*

He repetido una modestia de Herbert Quain; naturalmente, esa modestia no agota su pensamiento. Flaubert y Henry James nos han acostumbrado a suponer que las obras de arte son infrecuentes y de ejecución laboriosa; el siglo dieciséis (recordemos el Viaje del Parnaso, recordemos el destino de Shakespeare) no compartía esa desconsolada opinión. Herbert Quain, tampoco. Le parecía que la buena literatura es harto común y que apenas hay diálogo callejero que no la logre. También le parecía que el hecho estético no puede prescindir de algún elemento de asombro y que asombrarse de memoria es difícil. Deploraba con sonriente sinceridad "la servil y obstinada conservación" de libros pretéritos... Ignoro si su vaga teoría es justificable; sé que sus libros anhelan demasiado el asombro.

Reversiblemente, el primero que publicó. He declarado que se trata de una novela policial: The God of the Labyrinth; puedo agradecer que el editor la propuso a la venta en los últimos días de noviembre de 1933. En los primeros de diciembre, las agradables y arduas involuciones del Siamese Twin Mistery atrearon a Londres y a Nueva York; yo prefiero atribuir a esa coincidencia ruinosa el fracaso de la novela de nuestro amigo. También (quiero ser del todo sincero) a su ejecución deficiente y a la vana e frígida pompa de ciertas descripciones del mar. Al cabo de siete años, me es imposible recuperar los pormenores de la acción; he aquí su plan; tal como ahora lo empobrece (tal como ahora lo purifica) mi olvido. Hay un indescifrable asesinato en las páginas iniciales, una lenta discusión en las intermedias, una solución en las últimas. Ya aclarado el enigma, hay un párrafo largo y retrospectivo que contine esta frase: Todos creyeron que el encuentro de los dos jugadores de ahedrez había sido casual. Esa frase deja entender que la solución es erronea. El lector, inquieto, revista los capítulos pertinentes y descubre otra solución, que es la verdadera. El lector de ese libro singular es más perspicaz que el detective. [...]". Ver Jorge Luis Borges, *Obras completas*, pp. 461 e 462. Indicarei, a partir de agora, as menções aos textos de Borges com Borges, OC, o volume e o número da página.

A menção aparece no decorrer de toda a obra, desde a página 23 até literalmente o último parágrafo do texto. No início, o narrador do romance brinca com o questionamento da própria identidade presente no nome do escritor irlandês Herbert Quain, autor de uma obra que a personagem esquecera de devolver à biblioteca do navio no qual estivera. Faz, então, um breve comentário crítico sobre a obra ("uma vulgar história de assassínio e investigação"), sobre o enredo ("criminoso, a vítima, se pelo contrário não preexiste a vítima ao criminoso, e finalmente o detetive, todos três cúmplices da morte"), sobre o leitor do gênero policial ("em verdade vos direi que o leitor de romances policiais é o único e real sobrevivente da história que estiver lendo") e sobre o leitor em geral ("senão é como sobrevivente único e real que todo o leitor lê toda a história").

As menções seguintes não terão essa variedade de assuntos, tratarão fundamentalmente do enredo — no qual, fica-se sabendo, existe uma relação entre o crime e uma partida de xadrez[19] — e da impossibilidade, a cada tentativa mais acentuada, de Ricardo Reis lembrar o que lera, ou mesmo de, após ter reiniciado a leitura, alcançar o último trecho lido. Na derradeira, contudo, o romance é novamente qualificado, trata-se de um enigma que poderia, potencialmente, incomodar a humanidade, o que faz com que Reis, mesmo sabendo que perderia o dom da leitura, decida levá-lo com ele, para aliviar "o mundo".

Para discutir essa presença, será preciso abandonar momentaneamente o texto de Saramago e penetrar no labirinto ficcional de Borges. Trata-se de um procedimento temerário, uma vez que a busca

---

19. John Irwin lembra que essa menção ao xadrez em obras policiais, como, por exemplo, o romance inicial de Herbert Quain, já constitui uma tradição: *"The image of the chess game has become, whithin the tradition of the genre, one of the most common tropes for the battle of wits between detective and criminal"*. Ver *The mistery to a solution: Poe, Borges, and the detective story*, p. 82.

de semelhanças, coincidências, remissões, auto-remissões, exercícios paródicos e duplicações pode ser ampliada, no conjunto da obra do escritor argentino, à exaustão, ao infinito,[20] mas, vendo a questão por outro ângulo, trata-se de um jogo que vale a pena ser jogado, mesmo que apenas por alguns instantes. Em breve, as percepções que daí emergirem serão postas em confronto com *O ano da morte de Ricardo Reis* e com aquele jogo, deixado pela metade, da ficção na ficção. Isso sem falar de um outro, que seguirá ignorado até lá.

PRIMEIRA APROXIMAÇÃO

O esquecimento não é nada além de um caso particular da memória, ou, como diz Borges de modo mais elegante no poema "Un lector", *"el olvido es una de las formas de la memoria, su vago sótano"*.[21] De problema de memória semelhante ao de Ricardo Reis sofria o autor do exame da obra de Herbert Quain no conto, ainda que atenuado pelo fato de haver lido *The god of the labyrinth* sete anos antes, em 1933, pouco após ter sido publicado. Assim, tudo que ele pode fazer é recordar do plano básico do livro, tal como *"ahora lo empobrece (tal como ahora lo purifica) mi olvido"*.[22]

---

20. O escritor argentino Ricardo Piglia comenta que a somatória de fragmentos dos textos do autor de *Ficciones* compõe um relato particular, a *"historia de su escritura"*, uma *"ficción que acompaña e sostiene la ficción borgiana"*. Ver "Ideología y ficción en Borges", p. 87, in *Borges y la crítica. Antología*. Sobre as relações internas na obra de Borges, ver também José M. Cuesta Abad, *Ficciones de una crisis: poética e interpretación en Borges*, especialmente o segundo capítulo.

21. Borges, *Elogio de la sombra*, in *OC 2*, p. 394.

22. Para Ronald Christ, a utilização da memória parcial é um modo encontrado pelo autor para enfatizar o essencial: tal uso é uma das bases do "principle of selective brevity", um dos princípios que regeriam as histórias e os ensaios de Borges. Ver *The narrow act: Borges' art of allusion*.

A memória, aliás, também tem papel importante na concepção de arte de Herbert Quain, que, na linhagem de Edgar Allan Poe, acredita que o efeito estético só se completa quando o receptor é surpreendido, "*asombrado*", e "*asombrarse de memoria es difícil*". Para instaurar o assombro, no caso de *The god of the labyrinth*, Herbert Quain engana o leitor: propõe uma solução para o enigma apresentado pelo enredo, só mostrando, no último momento, que ela era "falsa" e, conseqüentemente, impondo a releitura — ou seja, diga-se desde já, fazendo o mesmo que se proporá ser necessário com *O ano da morte de Ricardo Reis* a partir da discussão sobre a presença do fictício romance na obra.

O leitor passa, então, a conhecer a "verdade" a que a personagem do conto não tivera acesso. Não se sabe, contudo, que "verdade" é essa. Não se sabe, também, até que ponto a memória purificada pelo esquecimento do narrador recorda o enredo. O enigma se mantém. Os paralelismos entre o conto e o romance não se esgotam aí nem nos que serão mencionados na continuação da análise. São, de fato, inúmeros, principalmente no que diz respeito ao confronto ficção/realidade. Entre as semelhanças mais pontuais, vale citar que Quain dizia ser como as "*odes* de Cowley", comparava-se ao escritor real Samuel Johnson e ao *fictício* Monsieur Teste, julgava que a boa literatura se encontrava até no "*diálogo de rua*" e construiu o romance *April March* para ser um *jogo*.

Na primeira introdução de *Ficciones*, Borges comenta as sete peças daquela parte da obra. A última, "El jardín de senderos que se bifurcan", é policial:

> Sus lectores asistirán a la ejecución y a todos los preliminares de un crimen, cuyo propósito no ignoran pero que no comprenderán, me parece, hasta el último párrafo.[23]

---

23. Esta e todas as citações deste prólogo feitas a seguir se encontram em Borges, OC 1, p. 429.

A idéia aproxima-se muito daquela de *The god of the labyrinth*: o leitor percebe, no último parágrafo, que o detetive havia erroneamente decifrado certo enigma e é obrigado a reler o texto para descobrir a "verdade". Pouco depois, o prefácio cita "La biblioteca de Babel" — da qual diz não ser o primeiro criador —, "Las ruinas circulares" — onde "todo es irreal" — e "Pierre Menard", na qual "irreal" é o destino do protagonista.[24] O primeiro autor de "Las ruinas circulares", ou, para dizer de modo mais preciso, seu inspirador, é Herbert Quain, sempre segundo o narrador do exame de sua obra. No prólogo, entretanto, menciona-se "La biblioteca de Babel" como a peça não-original. "Las ruinas circulares" é simplesmente "irreal"; já Pierre Menard, pode-se dizer, um escritor tão excêntrico quanto Herbert Quain. No final do curto prólogo, o próprio autor estabelece os paralelismos entre o conto sobre Herbert Quain e um outro da obra: "...*he preferido la escritura de notas sobre libros imaginarios. Estas son 'Tlön, Uqbar, Orbis Tertius' y el 'Examen de la obra de Herbert Quain'*".

Recordar a existência de tais conexões foi um passo preliminar necessário para concentrar o foco na relação entre dois contos: um, evidente está, é o "Examen de la obra de Herbert Quain", o outro, aquele que ele mesmo se encarrega de relacionar com o pri-

---

24. Alberto Julián Pérez acredita que tanto "Pierre Menard" quanto "El examen..." são sátiras a "escolas literárias" próximas de sua época, o primeiro satiriza a literatura simbolista, o segundo, a literatura vanguardista, o que indicaria que Borges estava "*liberado de una total identificación estética con una sóla tendencia literaria, capaz de ponerse por encima de ellas y, desde la posición crítica del satirista, burlarse de sus limitaciones, relativizarlas, quitándoles su pretendida seriedad y transcendencia*". Ver p. 19 e 20 de "*Génesis y desarrollo de los procedimientos narrativos en la obra literaria de Jorge Luis Borges*", in Karl Alfred Blüher e Alfonso de Toro (orgs.), *Jorge Luis Borges: variaciones interpretativas sobre sus procedimientos literarios y bases epistemológicas*.

meiro, "Tlön, Uqbar, Orbis Tertius".[25] O enredo do segundo é bem conhecido. O narrador e Bioy Casares descobrem em uma enciclopédia, a *Anglo-American cyclopaedia*, um verbete sobre um país inexistente, Uqbar, e nele lêem que as epopéias e lendas de tal lugar *"no se referían jamás a la realidad, sino a las dos regiones imaginarias de Mlejnas y de Tlön"*.[26] A bibliografia indicava quatro volumes, um deles escrito por Silas Haslam, também autor, como informa uma nota no texto, de "A general history of labyrinths". O labirinto é o símbolo mais freqüente na obra de Borges,[27] portanto não é sinal de grande argúcia constatar que há em ambos os contos menções a ele, apesar de ser curioso indicar que Haslam era o sobrenome da avó inglesa do escritor, Fanny Haslam, o que pode sugerir outro tipo de circularidade textual (no qual o próprio Borges se insere tangencialmente).

No início da segunda parte do conto, o narrador encontra uma enciclopédia sobre Tlön, um dos mundos imaginários de Uqbar, que pertencera a Herbert Ashe, engenheiro morto em 1937 e um dos membros da comunidade — fica-se sabendo posteriormente — dedicada à construção da nova realidade. Na outra narrativa, o inglês Herbert é Quain (*"Quain, quem"*). Nesta, o irlandês Herbert é Ashe (termo próximo, portanto, de "ash", cinza, fumaça na língua de Shakespeare). Se os sobrenomes são, sob determinado ponto de vista, intercambiáveis em sua indefinição, os preno-

---

25. O conto é também fundamental na própria evolução artística do escritor, como lembra Emir Rodríguez Monegal: "Con 'Tlön, Uqbar, Orbis Tertius', Borges se había convertido en un nuevo escritor". Ver *Borges: una biografía literaria*.
26. Borges, *OC* 1, p. 432.
27. Ver Emir Rodríguez Monegal, "Symbols in Borges's work, in Harold Bloom et alii, *Jorge Luis Borges: modern critical views*, ou o verbete "Labyrinth" em Ion Agheana, *Reasoned thematic dictionary of the prose of Jorge Luis Borges*.

mes são os mesmos, o que talvez indique algo. Por que, afinal, Borges poria o mesmo nome em dois personagens de contos escritos com tão pequena diferença de tempo e, depois, fisicamente publicados tão próximos em um mesmo livro?

Não há uma resposta, mas é possível supor um ou dois inspiradores. O primeiro é o inglês Herbert George Wells, um dos escritores mais admirados por Borges, autor de clássicos da ficção científica como *The invisible man* ou *The time machine*. O segundo é o esquecido filósofo idealista britânico Francis Herbert Bradley, também muito citado por Borges[28] e autor, entre outros, de *Principles of logic* e, principalmente, *Appearence and reality*, livro que, assim como o sobrenome do autor, o narrador de "Examen de la obra de Herbert Quain" menciona como influente no romance *April March*. Como se percebe, ambos os Herbert lidaram com o conceito de realidade e de realidades alternativas. A filosofia de Tlön, aliás, é absolutamente idealista, composta de inúmeros sistemas de caráter lúdico. *"Los metafísicos de Tlön no buscan la verdad ni siquiera la verosimilitud: buscan el asombro. Juzgan que la metafísica es una rama de la literatura fantástica"*.[29] Herbert Quain também buscava o assombro. Seria ele um dos metafísicos de Tlön, este labirinto, *"un laberinto urdido por hombres, un laberinto destinado a que lo descifren los hombres"*?[30] "Tlön, Uqbar, Orbis Tertius" é, de fato, o conto mais notável daquilo que o crítico Karl Alfred Blüher denomina de "intertexto simulado" na ficção borgiana, pois *"en este cuento [...] no se encubre el status ficticio del intertexto, sino que por*

---

28. Uma boa compilação das referências borgianas pode ser encontrada em Daniel Balderston, *The literary universe of Jorge Luis Borges: an index to references and allusions to persons, titles, and places in his writing*.
29. Borges, *OC* 1, p. 436.
30. Op. cit., p. 443.

el contrario se pone al descubierto inequívocamente en el transcurso de la narración".[31]

De construção semelhante, "Examen de la obra de Herbert Quain" ainda "*borra las fronteras entre el status ficcional y no ficcional del texto, haciendo así inseguro al lector en su habitual comprensión del discurso*".[32] E "*Tlön...*" é o texto paradigmático da irrupção da "irrealidade" no "real". Ao jogar com alusões de um conto específico de Borges, o autor de *O ano da morte de Ricardo Reis* está construindo um plano intertextual que tem, como contrapartida ampliada, a idéia de irrealidade ou, mais apropriadamente, de Ficção. Afinal, como se constata em um pós-escrito do primeiro conto (e o título não é um ingrediente a mais por coincidência...) de *Ficciones*, "*el mundo será Tlön*".

SEGUNDA APROXIMAÇÃO

A pergunta mais simples a ser feita em relação às reiteradas tentativas de leitura do romance policial *The god of the labyrinth* por parte do protagonista é: por que Ricardo Reis sempre esquece o que leu nesse livro que ele esqueceu de devolver à biblioteca do navio? A questão é válida, mas acaba por obscurecer uma outra indagação igualmente relevante: por que ele nunca se esquece de tentar de novo? Às duas, ainda, um segundo par de dúvidas precisa ser acrescido: por que ele não esquece o livro quando vai embora com Fernando Pessoa e por que tal gesto livra a humanidade de um enigma?

---

31. Karl Alfred Blüher, "Postmodernidad e intertextualidad en la obra de Jorge Luis Borges", p. 126, in Karl Alfred Blüher e Alfonso de Toro (orgs.), op. cit.
32. Op. cit, p. 125.

As respostas devem estar no texto. Ou dele emergir. A menção inicial ao livro fictício já foi resumida anteriormente. Será necessário discutir algumas outras. Logo após a cena do teatro, quando o poeta é formalmente apresentado a Marcenda, surge "Quain":

> Deitou-se, abriu o livro que tinha à cabeceira, o de Herbert Quain, passou os olhos por duas páginas sem dar muita atenção ao sentido do que lia, parecia que tinham sido encontradas três razões para o crime, suficiente cada uma para incriminar o suspeito sobre quem conjuntamente convergiam, mas o dito suspeito, usando o direito e cumprindo o dever de colaborar com a justiça, sugerira que a verdadeira razão, no caso de ter sido ele, de fato, o criminoso, ainda poderia ser uma quarta, ou quinta, ou sexta razões, igualmente suficientes, e que a explicação do crime, os seus motivos, se encontrariam, talvez, só talvez, na articulação de todas essas razões, na sua ação recíproca, no efeito de cada conjunto sobre os restantes conjuntos e sobre o todo, na eventual mas mais do que provável anulação ou alteração de efeitos por outros efeitos, e como se chegara ao resultado final, a morte, e ainda assim era preciso averiguar que parte de responsabilidade caberia à vítima, isto é, se esta deveria ou não ser considerada, para efeitos morais e legais, como uma sétima e talvez, mas só talvez, definitiva razão. Sentia-se reconfortado, a botija aquecia-lhe os pés, o cérebro funcionava sem ligação consciente com o exterior, a aridez da leitura fazia-lhe pesar as pálpebras (p. 116).

Da apreensão distraída do sonado leitor, extrai-se um esboço de método investigativo sugerido pelo criminoso. De certo, só se sabe que houve um crime e há um suspeito. É ele, ficamos sabendo, quem aventa a hipótese de existirem várias possíveis razões para justificar o assassinato, inclusive uma, a última, ter sido a causa a própria vítima, fato que, para "efeitos morais e legais", talvez deva ser considerado.

Tem-se, portanto, ao mesmo tempo a indicação de um caminho de análise e uma pista, a partir de agora denominada "evidência número 2" — sendo a "número 1" a já citada menção inicial. Continuemos.

No dia seguinte, após saber do gerente do hotel, Salvador, por que Marcenda e o pai não haviam estado presentes ao almoço, nova citação volta a acontecer:

> Não foi o caso de haver feito Ricardo Reis esse minudente exame, a ele só lhe pareceu que um súbito pensamento perturbara Salvador, e assim foi, como nós sabemos, todavia, mesmo que se deitasse a adivinhar que pensamento teria sido esse, não acertaria, o que mostra o pouco que sabemos uns dos outros e como depressa se nos cansa a paciência quando dispomos a apurar motivos, a dilucidar impulsos, salvo se se trata duma vera investigação criminal, como lateralmente nos vem ensinando *The god of the labyrinth* (p. 122).

Menção ela própria "lateral", já que não se trata de uma tentativa de leitura, mas de um comentário do narrador (pista dentro da pista), sua importância não deve ser subestimada. Consiste em um discurso sobre a dificuldade do método previamente esboçado e na "evidência número 3". Retenham-se dela duas asserções: "pouco sabemos uns dos outros" e "depressa se nos cansa a paciência quando dispomos a apurar motivos, a dilucidar impulsos". Retenha-se, também, a ressalva final, "salvo se se trata duma vera investigação criminal". Apurar motivos, dilucidar impulsos é um trabalho entediante, deve ser, no limite, deixado de lado. A não ser que se indique um crime.

A narrativa segue. Ricardo Reis sai do hotel e aluga uma casa. Incomoda-o a solidão do lugar. Pega seus poemas e, ao lê-los:

> pergunta se é ele, este, o que os escreveu, porque lendo não se reconhece no que está escrito, foi outro esse desprendido, calmo e resignado homem, por isso mesmo *quase deus*, porque os deuses é assim que são, resignados, calmos, desprendidos, assistindo mortos (p. 224).

Resolve que precisa organizar a sua vida e:

> Ainda não são dez horas quando Ricardo Reis se vai deitar. A chuva continua a cair. Levou um livro para a cama, pegara em dois mas *deixou pelo caminho o deus do labirinto*, ao fim de dez páginas do Sermão da Primeira Dominga da Quaresma sentiu que se lhe gelavam as mãos assim por fora dos cobertores, não bastavam para aquecê-las estar lendo estas palavras ardentes, Revolvei a vossa casa, buscai a coisa mais vil de toda ela, e achareis que é a vossa própria alma, pousou o livro na mesa-de-cabeceira, aconchegou-se com um rápido arrepio, puxou a dobra do lençol até a boca, fechou os olhos" (p. 225).

Fica aqui quase impossível manter o tom frio e distanciado adotado nas últimas páginas em adequação a "uma vera investigação criminal". Sem abandoná-lo, no entanto, e abandonando-a, por instantes, perceba-se o deslocamento significativo — ato falho literal e literário — que ocorre nesses dois trechos tão próximos. No primeiro, o narrador qualifica o Ricardo Reis inicial que o alterado não "reconhece" como "quase deus", no segundo afirma que esse mesmo ser alterado "deixou pelo caminho" o "deus do labirinto", escrito assim mesmo, com letras minúsculas e em português. A impressão da personagem, que se descobre "outro", permeia e invade o discurso desse outro "ser" que tanto esforço faz para impedir tal mudança e, por fim, não reconhecer o impacto por ela provocado.[33]

A evidência, a "número 4", ainda não foi discutida. A presença do livro fictício extraído da obra de Borges se dá na passagem por ausência. Ricardo Reis não empreende a leitura, deixa o romance policial para trás e leva para cama o "Sermão da primeira dominga de Quaresma". Cumpre saber o que "prega" esse texto.

Antônio Vieira, nessa prédica realizada no Maranhão, em 1653, acusa seus ouvintes de estarem em pecado por obrigarem índios capturados a trabalhar como escravos, o que levará à perdição de suas almas. Entre as soluções que aponta para o problema, já que não pretendia atrapalhar muito a vida dos então proprietários, resumo duas: a libertação de todos os escravos, menos os que optassem por continuar servindo aos donos; o compromisso de que os libertos permaneceriam nas aldeias e se dedicariam às atividades anteriores por seis meses a cada ano, em troca de tecido. Tal pragmatismo salvífico[34] configura-se em um texto engenhosissimamente elaborado a partir de uma "concepção persuasiva do mistério" (p. 14). Destaco abaixo o trecho inicial da peça, no qual se expõem as três tentações do demônio a Cristo:

---

33. Curioso paradoxo um ato falho tão disfarçado e tão cheio de ressonâncias de um narrador ou de uma personagem poder, eventualmente, pressupor um ato artisticamente intencional de quem o concebeu. Mais impressionante ainda será se tal ato falho resultar de outro ato falho de tal criador, pois aí se instaura definitivamente a intenção primordial, a do texto, portador sempre da última e provisória verdade.

34. Para misturar dois termos empregados por Alcir Pécora. Ver "Sermões: a pragmática do mistério", ensaio introdutório em Antônio Vieira, Sermões — Tomo 2. O sermão em pauta encontra-se no mesmo volume, e as citações dele extraídas, bem como do ensaio de Pécora, serão identificadas no corpo do texto, com o número de página entre parênteses.

Na primeira ofereceu [...]: que fizesse das pedras pão; na segunda aconselhou [...]: que se deitasse daquela torre abaixo; na terceira pediu [...]: que caído o adorasse. Vede que ofertas, vede que conselhos, vede que petições! Oferece pedras, aconselha precipícios, pede caídas. E com isto ser assim, estas são as ofertas que nós aceitamos, estes os conselhos que seguimos, estas as petições que concedemos (p. 453).

É nesse contexto, o do anúncio de uma série de almas perdidas por não estarem sabendo resistir à tentação do demônio, que, em seguida, o orador diz a frase que o narrador de *O ano da morte de Ricardo Reis* resolve reproduzir: "Revolvei a vossa casa, buscai a coisa mais vil de toda ela, e achareis que é vossa própria alma". Pragmaticamente, vê-se, de novo, narrador e personagem em deslocamento de papéis. Um assume o lugar de Vieira, o pregador, prevendo as chamas do inferno para o pecador e, "persuasivamente", incitando-o a refletir sobre seu destino; este "pecador", contudo, ocupa a mais humilde das posições. Ele não é um senhor de escravos que precisa libertar seus cativos, é um dos cativos que, circunstancialmente libertado, está quase conseguindo fugir de vez, sem se dispor voluntariamente a permanecer sob o jugo do poder de que escapou, questionando se vale a pena aceitar um vínculo temporário.

Perceba-se que o mesmo ato de jogar luz sobre a troca de papéis acarreta imediatamente nova troca, pois fica difícil resistir à "tentação" de examinar deste modo o artifício do narrador: "Vede que ofertas, vede que conselhos, vede que petições! Oferece pedras, aconselha precipícios, pede caídas". Não me parece necessário recordar o autor da oferta, do conselho, da petição, mas talvez seja o caso de lembrar ao paciente leitor que essa foi "evidência número 4".

Apesar de longa, é fundamental reproduzir a próxima menção sem cortes internos:

1. [...] Addis-Abeba está em chamas, ardiam casas, saqueadas eram as arcas e
2. as paredes, violadas as mulheres eram postas contra os muros caídos,
3. trespassadas de lanças as crianças eram sangue nas ruas. Uma sombra
4. passa na fronte alheada e imprecisa de Ricardo Reis, que é
5. isto, donde veio a intromissão, o jornal apenas me informa que
6. Addis-Abeba está em chamas, que os salteadores estão pilhando, violando,
7. degolando, enquanto as tropas de Badoglio se aproximam, o *Diário de*
8. *Notícias* não fala de mulheres postas contra os muros caídos nem de
9. crianças trespassadas de lanças, em Addis-Abeba não consta que
10. estivessem jogadores de xadrez jogando o jogo do xadrez. Ricardo Reis foi
11. buscar à mesa-de-cabeceira *The god of the labyrinth*, aqui está,
12. na primeira página, O corpo, que foi encontrado pelo
13. primeiro jogador de xadrez, ocupava, de braços abertos, as casas dos
14. peões do rei e da rainha e as duas seguintes, na direção do campo
15. adversário, a mão esquerda numa casa branca, a mão direita numa casa
16. preta, em todas as restantes páginas lidas do livro não há mais que este
17. morto, logo não foi por aqui que passaram as tropas de Badoglio. Deixa
18. Ricardo Reis *The god of the labyrinth* no mesmo lugar,
19. sabe enfim o que procura, abre uma gaveta da secretária que foi do
20. juiz da Relação, onde em tempos dessa justiça eram guardados
21. comentários manuscritos ao *Código Civil*, e retira a pasta de atilhos que
22. contém as suas odes, os versos secretos de que nunca falou a Marcenda, as
23. folhas manuscritas, comentários também, porque tudo o é, que Lídia um
24. dia encontrará , quando o tempo já for outro, de insuprível ausência.
25. Mestre, são plácidas, diz a primeira folha, e neste dia primeiro outras
26. folhas dizem, Os deuses desterrados, Coroai-me em verdade de rosas, e
27. outras contam, O deus Pã não morreu, De Apolo o carro rodou, uma vez
28. mais o conhecido convite, Vem sentar-te comigo Lídia, à beira do rio, o
29. mês é Junho e ardente, a guerra já não tarda, Ao longe os montes têm neve
30. e sol, só o ter flores pela vista fora, a palidez do dia é levemente dourada,

31. não tenha nada nas mãos porque sábio é o que se contenta com o
32. espectáculo do mundo. Outras e outras folhas passam como os dias são
33. passados, jaz o mar, gemem os ventos em segredo, cada coisa em seu
34. tempo tem seu tempo, assim bastantes os dias se sucedam, bastante a
35. persistência do dedo molhado sobre a folha, e foi bastante, aqui está, Ouvi
36. contar que outrora, quando a Pérsia, está é a página, não outra, este o
37. xadrez, e nós os jogadores, eu Ricardo Reis, tu leitor meu, ardem as casas,
38. saqueadas são as arcas e as paredes, mas quando o rei de marfim está em
39. perigo, que importa a carne e o osso das irmãs e das mães e das crianças,
40. se carne e osso nosso em penedo convertido, mudado em jogador, e de
41. xadrez. Addis-Abeba quer dizer Nova Flor, o resto já foi dito

(pp. 301 e 302).

Suma da suma, esse trecho condensa quase tudo que se disse até aqui e algo de que ainda não se falou, um importante poema sobre um certo jogo de xadrez que nunca foi explicitamente comentado. Em primeiro lugar, há que se notar mais um deslocamento de papel: Ricardo Reis, ao ser forçado pela leitura a se recordar de seu mais longo poema, no qual o tom marcadamente lírico cede terreno para um discurso quase narrativo, duplica nessas linhas o papel do narrador. Este se torna opaco por instantes, talvez disfarçado como a "sombra" (linha 3) que passa pela fronte "alheada e imprecisa" (linha 4) do poeta. Impreciso, ele preenche o novo lugar.

Para dizer o mesmo de outro jeito, menos sucinto. Ao ler uma narrativa trágica e, a partir dela, visualizar de modo dramático e ainda mais intenso os acontecimentos, Ricardo Reis se lembra de seu próprio e triste poema narrativo. O narrador, aturdido por tantas instâncias narrativas sobrepostas, nota a indefinição no rosto do poeta e deixa que ele conduza quase sozinho a cena, anui a tal "intromissão" (linha 5), o que é informado não só pelo contexto, mas também pela ausência de letras maiúsculas denunciando trocas de voz — apenas términos de oração e inclusão de versos — e, principalmente, pela declaração em primeira pessoa daquele que está com a palavra: "Nós os jogadores, eu Ricardo Reis, tu leitor meu" (linha 37). As posições se normalizam no final do trecho, em seguida à conclusão do narrador provisório: "O resto já foi dito" (linha 41). O fato de Ricardo Reis dispor da energia requerida para se impor de tal maneira ao comandante do jogo exprime a força da transição vivenciada por ele. Só ao final do romance, quando a efetividade dessas mudanças tiver atingido o ponto máximo, essa ruptura momentânea poderá se repetir de modo definitivo.

O esforço não foi feito em vão, no entanto, e é preciso discutir como esse discurso deslocado se organiza e de que elementos lança mão. O poeta reage à leitura de uma notícia e se incomoda com a "intromissão" da barbárie imaginária, apesar de parecer aceitar a barbárie oficial:

> o jornal apenas me informa que Addis-Abeba está em chamas, que os salteadores estão pilhando, violando, degolando, enquanto as tropas de Badoglio se aproximam, o *Diário de Notícias* não fala de mulheres postas contra os muros caídos nem [...].

Dá a impressão de constatar que as barbáries são permeáveis, se comunicam e influenciam, ao trazer à tona, pela via negativa ("não consta que", linha 9), a tautológica e redundante expressão "jogadores de xadrez jogando o jogo de xadrez" (linha 10). Ele julga, então, que parte da intromissão imaginária decorre de um resquício fictício escondido em sua mente e vai "buscar à mesa-de-cabeceira *The god of the labyrinth*, aqui está" (linha 11). Nada encontra, pois nas páginas lidas do romance policial não há mais do que um morto, ali não podiam ter passado "as tropas de Badoglio" (linha 17). Como amostra daquele arquivo de evidências que está sendo montado, registre-se mais uma, a de número 5, a ficção de Herbert Quain continua não sendo esquecida (é a primeira coisa que ele vai buscar) e sendo esquecida (é preciso reler as linhas já lidas para ter certeza que não provém delas a mortandade), persiste assim um esquema de aproximação e resistência.

Ricardo Reis deixa *The god of the labyrinth* onde o pegara e "sabe enfim o que procura" (linha 19): a sua própria "ficção". Aí, em três linhas, várias informações se acumulam. O narrador "oficial" aumenta um pouco a voz que deixara em surdina desde a duplicação e faz um comentário sobre o comentário: tudo é comentário. Pode-se quase assistir a ele, com uma piscadela, deixar a frase escapar, como que dividindo, pesaroso, a inexistente culpa que sente pela sua atuação redutora para com o protagonista e apontando ao companheiro as responsabilidades que também ele tem pelo que um dia escreveu, esse "comentário" premonitório disposto em forma poética a ser, "quando o tempo já for outro, de insuprível ausência" (linha 24), descoberto por Lídia. Nas três linhas, aliás, a criada e Marcenda desfilam praticamente lado a lado. A primeira como depositária da produção poética (assim como será a de um filho) de Ricardo Reis, a segunda como dela desconhecedora. Novamente, Lídia é associada ao campo da ação, e Marcenda, ao da ausência.

Principia-se a partir daí (linha 25) um movimento de inserção de pedaços de versos que busca reproduzir o folhear das páginas de um livro ou de uma série de papéis. Os pedaços não surgem ao acaso, porém. Estão ali "Lídia", "o mestre", "o espectáculo do mundo". Percebe-se que, mais do que o volver de folhas, cria-se uma simulação de acelerado *flashback* cinematográfico. Ricardo Reis revê sua vida por intermédio de sua obra: "outras e outras folhas passam como os dias são passados" (linha 32). Mas a vida simultaneamente modifica a sua obra, uma vez que na reordenação novos "pedaços" se incorporam ("o mês é Junho e ardente, a guerra já não tarda", linha 29, por exemplo), e novos sentidos se insinuam em inusitadas junções ("não tenha nada nas mãos porque sábio é o que se contenta com o espectáculo do mundo", linha 31). A conseqüência ("vivido" e imaginado se ressignificam mutuamente) parodia a causa (a imaginação se intromete na "realidade" da leitura dos jornais) ao reproduzi-la de modo ainda mais complexo. Causa e conseqüência, o incômodo de uma emulando o incômodo da outra, a comprovar — e insisto neste ponto — as transformações de um, no "passado", impassível Ricardo Reis:

> jaz o mar, gemem os ventos em segredo, cada coisa em seu tempo tem seu tempo, assim bastantes os dias se sucedam, bastante a *persistência* do dedo molhado sobre a folha, *e foi bastante*, aqui está.

O poeta, persistente, encontra o poema. "Esta é a página, não outra, este o xadrez" (linha 31). O trecho chega praticamente ao término, questionando-se sobre o valor do perigo e sofrimento das "irmãs e das mães e das crianças" (linha 34) — esfera da "realidade" — em comparação ao valor do risco do "rei de marfim" (linha 33), "carne e osso nosso em penedo convertido, mudado em jogador" (linha 35) — esfera da ficção.

Não chega ao fim, contudo, a importância desse poema especial que narrador e personagem trataram de vincular a *The god of the labyrinth*, em um caso curioso de intertextualidade explícita e anunciada. Eis a ode 337, à qual mais de uma edição antepõe o título "Os jogadores de xadrez":[35]

---

[35]. A edição da Nova Aguilar, de Maria Aliete Galhoz, não traz o título, mas ele aparece em edições críticas posteriores, preparadas por Manuela Parreira da Silva (*Poesia: Ricardo Reis*) e Luiz Fagundes Duarte (*Poemas de Ricardo Reis*).

1 *Ouvi contar que outrora, quando a Pérsia*
2 *Tinha não sei qual guerra,*
3 *Quando a invasão ardia na Cidade*
4 *E as mulheres gritavam,*
5 *Dois jogadores de xadrez jogavam*
6 *O seu jogo contínuo.*

7 *À sombra de ampla árvore fitavam*
8 *O tabuleiro antigo,*
9 *E, ao lado de cada um, esperando os seus*
10 *Momentos mais folgados,*
11 *Quando havia movido a pedra, e agora*
12 *Esperava o adversário.*
13 *Um púcaro com vinho refrescava*
14 *Sobriamente a sua sede.*

15 *Ardiam casas, saqueadas eram*
16 *As arcas e as paredes,*
17 *Violadas, as mulheres eram postas*
18 *Contra os muros caídos,*
19 *Traspassadas de lanças, as crianças*
20 *Eram sangue nas ruas...*
21 *Mas onde estavam, perto da cidade,*
22 *E longe do seu ruído,*
23 *Os jogadores de xadrez jogavam*
24 *O jogo de xadrez.*

25 *Inda que nas mensagens do ermo vento*
26 *Lhes viessem os gritos,*
27 *E, ao refletir, soubessem desde a alma*
28 *Que por certo as mulheres*

29 E as tenras filhas violadas eram
30 Nessa distância próxima,
31 Inda que, no momento que o pensavam,
32 Uma sombra ligeira
33 Lhes passasse na fronte alheada e vaga,
34 Breve seus olhos calmos
35 Volviam sua atenta confiança
36 Ao tabuleiro velho.

37 *Quando o rei de marfim está em perigo,*
38 *Que importa a carne e o osso*
39 *Das irmãs e das mães e das crianças?*
40 Quando a torre não cobre
41 A retirada da rainha branca,
42 O saque pouco importa.
43 E quando a mão confiada leva o xeque
44 Ao rei do adversário,
45 Pouco pesa na alma que lá longe
46 Estejam morrendo filhos.

47 Mesmo que, de repente, sobre o muro
48 Surja a sanhuda face
49 Dum guerreiro invasor, e breve deva
50 Em sangue ali cair
51 O jogador solene de xadrez,
52 O momento antes desse
53 (É ainda dado ao cálculo dum lance
54 Pra a efeito horas depois)[36]

---

36. Variação dos dois versos seguintes colocada entre parênteses pelo autor e aceita como parte do poema pela edição da Aguilar.

55 *É ainda entregue ao jogo predileto*
56 *Dos grandes indif'rentes.*

57 *Caiam cidades, sofram povos, cesse*
58 *A liberdade e a vida.*
59 *Os haveres tranqüilos e avitos*
60 *Ardem e que se arranquem,*
61 *Mas quando a guerra os jogos interrompa,*
62 *Esteja o rei sem xeque,*
63 *E o de marfim peão mais avançado*
64 *Pronto a comprar a torre.*

65 *Meus irmãos em amarmos Epicuro*
66 *E o entendermos mais*
67 *De acordo com nós-próprios que com ele,*
68 *Aprendamos na história*
69 *Dos calmos jogadores de xadrez*
70 *Como passar a vida.*

71 *Tudo o que é sério pouco nos importe,*
72 *O grave pouco pese,*
73 *O natural impulso dos instintos*
74 *Que ceda ao inútil gozo*
75 *(Sob a sombra tranqüila do arvoredo)*
76 *De jogar um bom jogo.*

77 *O que levamos desta vida inútil*
78 *Tanto vale se é*
79 *A glória, a fama, o amor, a ciência, a vida,*
80 *Como se fosse apenas*
81 *A memória de um jogo bem jogado*

82 E uma partida ganha
83 A um jogador melhor.

84 A glória pesa como um fardo rico,
85 A fama como a febre,
86 O amor cansa, porque é a sério e busca,
87 A ciência nunca encontra,
88 E a vida passa e dói porque o conhece...
89 O jogo do xadrez
90 Prende a alma toda, mas, perdido, pouco
91 Pesa, pois não é nada.

92 Ah! sob as sombras que sem qu'rer nos amam,
93 Com um púcaro de vinho
94 Ao lado, e atentos só à inútil faina
95 Do jogo do xadrez
96 Mesmo que o jogo seja apenas sonho
97 E não haja parceiro,
98 Imitemos os persas desta história,
99 E, enquanto lá fora,
100 Ou perto ou longe, a guerra e a pátria e a vida
101 Chamam por nós, deixemos
102 Que em vão nos chamem, cada um de nós
103 Sob as sombras amigas
104 Sonhando, ele os parceiros, e o xadrez
105 A sua indiferença.

As palavras em negrito indicam reapropriações literais (ou quase) feitas pelo narrador provisório de sua própria narrativa: a "intromissão", denominada no começo da análise desse trecho de "barbárie imaginária", não era, de fato, imaginária. Seria mais adequado considerá-la uma reminiscência que, motivada pela leitura da notícia no jornal, escapou de uma área de sombra na mente da personagem (do esquecimento) e veio à luz. Essa passagem, não por acaso, situa-se exatamente depois do primeiro caso do "rompante" imaginativo vivido pelo protagonista, do qual é uma variação, pois o sentido do "inventado" aponta para trás (para o passado), não para a frente. Implícita nela se encontra a essência da lição que Ricardo Reis vem aprendendo com o passar do tempo: a ausência de compromisso com os acontecimentos é muito mais fácil na ficção. Reproduzi "Os jogadores de xadrez" integralmente, no entanto, não apenas para discutir as reapropriações. Trata-se de uma das obras-primas do poeta neoclássico e, inclusive por sua extensão pouco usual dentro do *corpus* reisiano, de um privilegiado testemunho de seu "pensamento". Rememorar alguns detalhes do que aí é dito pode iluminar certos contrastes.

Em seu estudo sobre a ode, Maria Helena Garcez afirma que, composta de 12 estrofes que entrelaçam — com uma exceção — versos longos e curtos, ela se distancia da matriz horaciana e, estruturada de modo mais livre, se aproxima das odes pindáricas em sua apropriação inglesa (por exemplo, as *Lycidas* de John Milton). A exceção localiza-se na única estrofe com número ímpar de versos — 7 —, as outras 11 possuem número par — de 6 a 14. A estudiosa de Pessoa defende, com acerto, que a irregularidade (linhas 82 e 83) dentro da irregularidade foi "o grande achado poético" do autor: do ponto de vista semântico, esta estrofe introduz o inesperado, quando propõe a possibilidade de a partida ser ganha a um jogador melhor.[37]

---

37. Ver Maria Helena Garcez, *O tabuleiro antigo*, op. cit., p. 27. Sigo apenas até este momento a interpretação de Garcez.

A estrofe encontra-se no que se poderia ver como a terceira parte do poema. Na primeira, do início aos versos "os jogadores de xadrez jogavam o jogo de xadrez", ao final da terceira estrofe, verifica-se o núcleo mais narrativo da peça. É ali que o eu lírico descreve o que "ouviu contar". A segunda parte, as quatro estrofes seguintes, traz uma espécie de elogio da dedicação desses jogadores ao seu jogo de xadrez a despeito das adversidades e do sofrimento do mundo, ou seja, uma (será ele um precursor?) digressão do narrador. Na última, a aprendizagem é concretizada por meio da interpretação do que fora exposto e compartilhado: a moral da fábula é anunciada (é fácil aceitar que "ouvi contar..." equivale ao tradicional "era uma vez..."). Na escrita calculada de um autor como Ricardo Reis, a moral se agiganta, a discussão dos valores[38] sobrepuja com larga vantagem a apresentação do problema, a "narrativa" em si. É tal discussão que aqui nos interessa.

Na primeira estrofe da terceira parte, o eu reflexivo travestido de sujeito lírico anuncia os seus iguais ("Meus irmãos em amarmos Epicuro"), a sua auto-suficiência decorrente de sua valorização do presente ("E o entendermos mais/ De acordo com nós-próprios que com ele") e a sua intenção ("Aprendamos na história/ dos calmos jogadores de xadrez/ como passar a vida"). Segue-se, então, uma lista de preceitos a serem adotados que têm, como modelo último, sempre a postura já apresentada e discutida no poema dos dois jogadores. Faz-se a apologia da leveza, da inutilidade, da desvinculação tanto dos prazeres mundanos (a glória, a fama) quanto dos espirituais (o amor). Se for para acontecer o inesperado, um contratempo, que seja ele "a memória de um jogo bem jogado/ e uma partida ganha/ a um jogador melhor". Nessa leitura, os versos irregulares dentro da estrofe irregular apresentam a cota de surpre-

---

38. Garcez também ressalta o caráter axiológico da poesia de Reis.

sa suficiente — o máximo de irregularidade — de uma vida ideal. Se tudo é inútil, para que sofrer ou se preocupar com o sofrimento (repare-se que o mesmo adjetivo que qualifica o "gozo" na linha 74, "inútil", qualifica a "vida" na linha 77 e a atividade incessante, "contínua", dos jogadores de xadrez, a "inútil faina", na linha 94). As muitas repetições de palavras e o eterno retorno do mesmo — as tautologias ("dois jogadores de xadrez jogavam o seu jogo...", "os jogadores de xadrez jogavam o jogo de xadrez", "jogar um bom jogo", o "jogo bem jogado") —, do que é porque é e assim continuará sendo, só reforçam a idéia de permanência, de passividade, de indiferença perante o diferente.

Na estrofe final, o conselho é reiterado, a "sombra ligeira" (linha 32) que fugazmente a fronte alheada avistara se metamorfoseia em "sombra amiga": "Imitemos os persas desta história/ e, enquanto lá fora,/ ou perto ou longe, a guerra e a pátria e a vida/ chamam por nós, deixemos/ que em vão nos chamem, cada um de nós/ sob as sombras amigas,/ sonhando, ele os parceiros, e o xadrez a sua indiferença". E isso, mesmo que o "jogo seja apenas sonho", que "não haja um parceiro" porque, como no jogo de xadrez, como nas fantasias de uma Pérsia distante, fabulística, mitológica, é tudo ilusão.

É com essa perspectiva que o Ricardo Reis ficcionalizado entra em choque. É esse confronto que está em "jogo" quando personagem e narrador vinculam o que contam ao longo poema: a personagem (e também o narrador, de modo discreto) no trecho do romance analisado logo antes desse pequeno intervalo dedicado à memória da visão de mundo do Ricardo Reis original; o narrador, marcadamente, em uma passagem discutida no capítulo anterior, momento em que uma nota avisou que determinada linha seria, então, ignorada.[39]

39. Ver nota 9 do capítulo 3.

Em relação à personagem, creio já estar suficientemente claro que tal perspectiva original, de um mundo de repetição, ausência de margens, inexistência de dúvidas, sofrimentos e prazeres mundanos e espirituais, foi posta à prova, problematizada e, como se verá em breve, derrotada. Não é mais viável imitar os "persas" e "enquanto lá fora, ou perto ou longe, a guerra e a pátria e a vida chamam" por ele, deixar que "em vão" chamem. Já em relação ao narrador, suponho ser agora necessário reproduzir o que antes se ignorou. Trata-se, recordemos o contexto, do trecho em que Ricardo Reis chora:

> entra na casa, atira-se para cima da cama desfeita, escondeu os olhos com o antebraço para poder chorar à vontade, lágrimas absurdas, que esta revolta não foi sua, sábio é o que se contenta com o espetáculo do mundo, hei de dizê-lo mil vezes, que importa a quem já nada importa que um perca e outro vença (pp. 411-2).

Quando essas linhas foram discutidas, tentou-se mostrar que só aparentemente o discurso se transferia do narrador para a personagem. É o primeiro que permanece falando, portanto é dele também o fecho da seqüência, que intertextualmente remete de modo direto à pergunta dos versos "que importa a carne e o osso das irmãs e das mães e das crianças?" (linhas 38 e 39), bem como ao plano básico de "Os jogadores de xadrez". As inferências a partir daí, contudo, são potencialmente bem mais interessantes. Naquela fase do trabalho, no início do capítulo 3, foi possível constatar que a percepção diferente de quem estava falando implicava uma grande rotação de sentido. Assim o fenômeno foi descrito:

> Em vez do grito de desespero de um ser que se julga sem saída, passa-se a ouvir apenas o narrador, culpando quase histericamente o

protagonista da história que conta por acreditar no que uma vez escreveu, um martelo a golpear a consciência daquele que chora com a reiteração em primeira pessoa das palavras que considera necessárias para justificar o descontrole em que ele se encontra.

A autocitação se justifica porque agora, com os novos elementos adquiridos ao longo do percurso, uma nova rotação (inversa) é hipoteticamente plausível. O redimensionamento dos estados de espírito então sugerido não perde a validade, mas se pode igualmente supor que a pergunta final condiz sim, afinal de contas, com um "grito de desespero" de um ser descontrolado. Tal trecho localizado já nas últimas páginas de O ano da morte de Ricardo Reis desdobrar-se-ia — numa "tradução" didática sem nenhuma pretensão literária — da seguinte maneira:

> Foi você que um dia escreveu que sábio é quem se contenta com o espetáculo do mundo, que já se perguntou o que importa o prazer ou o sofrimento alheio, que tanto pregou a indiferença. Hei de lembrá-lo mil vezes. Para que chorar? Esta revolta não é sua. Volte a ser o que era. O que importa para quem já nada importa — pois você nunca terá definitivamente Marcenda — que um perca (você) e um vença (eu, o narrador)?[40]

Seria um apelo patético: um "grito de desespero". A aparição de *The god of the labyrinth* mais recentemente comentada propiciou a captura anunciada de uma quinta evidência e uma com-

---

40. Esta outra aparição do romance policial no livro, na voz do narrador, parece dar bons subsídios à hipotética "tradução": "Ricardo Reis não irá procurar trabalho, o melhor que tem a fazer é voltar ao Brasil, tomar o Highland Brigade na sua próxima viagem, discretamente restituirá *The god of the labyrinth* ao seu legítimo proprietário, nunca O'Brien saberá como este livro desaparecido tornou a aparecer" (pp. 326-7).

preensão mais consistente — com o surgimento de mais um importante eixo intertextual, o poema "Os jogadores de xadrez" — de vários indícios que aqui vêm sendo perseguidos. Aproxima-se o ponto de unir uma primeira vez alguns dos fios soltos deixados pelo caminho, mas antes é preciso rapidamente conferir as duas derradeiras menções ao livro de Herbert Quain.

No final do romance, o conto de Borges é lembrado ainda duas vezes, quando Reis toma conhecimento das duas mil mortes em Badajoz e quando decide ir embora com Fernando Pessoa. Eis a penúltima delas:

> abriu mais uma vez *The god of the labyrinth*, ia ler a partir da marca que deixara, mas não havia sentido para ligar com as palavras, então percebeu que não se lembrava do que o livro contara até ali, voltou ao princípio, recomeçou, O corpo, que foi encontrado pelo primeiro jogador de xadrez, ocupava, de braços abertos, as casas dos peões do rei e da rainha e as duas seguintes, na direcção do campo adversário, e chegado a este ponto tornou a desligar-se da leitura, viu o tabuleiro, plaino abandonado, de braços estendidos o jovem que jovem fora, e logo um círculo inscrito no quadrado imenso, arena coberta de corpos que pareciam crucificados na própria terra, de um para outro ia o Sagrado Coração de Jesus certificando-se de que já não havia feridos (p. 392).

Nota-se que a "visão" imaginária de Ricardo Reis acontece logo depois de ter "imaginado" o filho tombar durante uma guerra futura. Morto um jovem numa, morto um jovem (e outros tantos) na outra. O tabuleiro subsiste, o jogo porém se manifesta mais seriamente e a mente inventiva do poeta pagão acaba por recorrer ao misticismo cristão. É nesse mesmo parágrafo, em seguida, que Lídia o contempla como se fosse "um estranho".

Em nome da ordem estabelecida e de um misticismo normalmente menos invocado, o numérico, registre-se que essa foi a "evidência número 6", o que significa que a próxima e final será a "número 7". Sem dúvida, um bom presságio:

> Então bateram à porta. Ricardo Reis correu, foi abrir, já prontos os braços para recolher a lacrimosa mulher, afinal era Fernando Pessoa, Ah, é você, Esperava outra pessoa, Se sabe o que aconteceu, deve calcular que sim, creio ter-lhe dito um dia que a Lídia tinha um irmão na marinha, Morreu, Morreu. Estava no quarto, Fernando Pessoa sentado aos pés da cama, Ricardo Reis numa cadeira. Anoitecera por completo. Meia hora passou assim, ouviram-se as pancadas de um relógio no andar de cima, É estranho, pensou Ricardo Reis, não me lembrava deste relógio, ou esqueci-me dele depois de o ter ouvido pela primeira vez. Fernando Pessoa tinha as mãos sobre o joelho, os dedos entrelaçados, estava de cabeça baixa. Sem se mexer, disse, Vim cá para lhe dizer que não tornaremos a ver-nos, Porquê, O meu tempo chegou ao fim, lembra-se de eu lhe ter dito que só tinha para uns meses, Lembro-me, Pois é isso, acabaram-se. Ricardo Reis subiu o nó da gravata, levantou-se, vestiu o casaco. Foi à mesa-de-cabeceira buscar *The god of the labyrinth*, meteu-o debaixo do braço. Então vamos, disse, Para onde é que você vai, Vou consigo, Devia ficar aqui, à espera da Lídia, Eu sei que devia, Para a consolar do desgosto de ter ficado sem o irmão, Não lhe posso valer, E esse livro, para que é, Apesar do tempo que tive, não cheguei a acabar de lê-lo, Não irá ter tempo, Terei o tempo todo, Engana-se, a leitura é a primeira virtude que se perde, lembra-se. Ricardo Reis abriu o livro, viu uns sinais incompreensíveis, uns riscos pretos, uma página suja, Já me custa ler, disse, mas mesmo assim vou levá-lo, Para quê, Deixo o mundo aliviado de um enigma (pp. 414 e 415).

Estão aqui praticamente todos os traços que será preciso rearranjar: a morte, o outro que surge, o tempo que passa, o tempo que chega ao fim, o tempo que vem, o esquecimento, a repetição, as batidas de um relógio, a leitura, o enigma, a virtude, o mundo. São como as pedras principais de um quebra-cabeça imaginário que o crítico concebe com matéria-prima alheia e se impõe, esperançoso, arrumar. Ele está lidando com ficção, não tem por que temer o artifício.

XEQUE-MATE? PRIMEIRA SÍNTESE INTERPRETATIVA

É hora de confrontar as aproximações. Tentar-se-á mostrar que a interpretação dos pequenos trechos e entornos em que o protagonista empreende a impossível tarefa de ler o livro *The god of the labyrinth* atua em *O ano da morte de Ricardo Reis* como um "microaleph", ponto de concentração máxima, que condensa em si todo o universo, especificamente, no caso, quase toda a interpretação do romance. O mágico lugar descrito em "El aleph", conto de Borges que cede o nome também a toda a outra grande coletânea do autor, ao lado de *Ficciones*, aliás, fora primorosamente prefigurado com alguns anos de antecipação pelo heterônimo engenheiro Álvaro de Campos, nos versos iniciais de uma das versões da sua... "Passagem das horas":[41]

Sentir tudo de todas as maneiras,
Viver tudo de todos os lados
Ser a mesma coisa de todos os modos possíveis ao mesmo tempo,
Realizar em si toda a humanidade de todos os momentos
Num só momento difuso, profuso, completo e longínquo.

41. Para uma discussão sobre as várias versões do poema e a reprodução de cada uma, ver Teresa Rita Lopes, *Álvaro de Campos, Livro de Versos — Edição crítica*.

É uma humilde variação dessa ubiqüidade multidimensional que se espera encontrar ao final provisório deste percurso interpretativo, antevendo, pois é da natureza do fenômeno, que a busca carregue em si e implique a obrigação da releitura cuja necessidade se pretende atestar — nova leitura que deveria começar pelo título, de cuja formulação simples e sintética eventualmente se esquece. Nele já estava escancarada a banal inferência de que a morte pressupõe a vida: é preciso estar vivo para morrer.

Além das quatro perguntas formuladas no início do item anterior e que ainda aguardam resposta (as razões do esquecimento do já lido, do não-esquecimento de tentar de novo, do não-esquecimento de levar o livro, da necessidade de livrar o mundo de um enigma), ficaram também para trás pelo menos duas promessas de continuidade que se faz urgente pagar. A primeira, sobre uma "acusação" do narrador, de que se morre por não ter dito a "palavra", não ter feito o "gesto"; a segunda, sobre a afirmação de que, ao ir embora com Fernando Pessoa, a personagem Ricardo Reis voltava a ser, sem "arrependimentos", o heterônimo Ricardo Reis, instante em que um impasse foi deixado no ar por aquele misterioso "ou poder-se-ia pensar assim".

Comecemos pela última. O próprio protagonista pode fornecer a sua avaliação do sentimento em pauta:

> A mais inútil coisa deste mundo é o arrependimento, em geral quem se diz arrependido quer apenas conquistar perdão e esquecimento, no fundo, cada um de nós continua a prezar as suas culpas (p. 290).

Não há motivos para não acreditar em tão sutil intuição a respeito da alma humana. Daí se deduz que não deve existir erro que justifique aquele "poder-se-ia pensar..." na afirmação segundo a qual Ricardo Reis não se arrependera. Se ali ele não está, onde procurá-lo?

Como o leitor se recordará, no capítulo anterior, a postura vacilante de Ricardo Reis foi contraposta a uma pequena declaração de Montaigne, extraída do capítulo de seus *Ensaios* não por acaso intitulado "Do arrependimento", na qual o escritor afirmava ser a pessoa que melhor conhecia o seu assunto, ele mesmo. Pois bem, depois de apontar tantos e tão significativos exemplos de mudanças na personagem, não me parece descabido afirmar que ela também, nos derradeiros dias de sua vida, era a "pessoa" que melhor conhecia o seu assunto. Até porque não resta alternativa: Marcenda, a grande causadora das metamorfoses, se afastara muito prematuramente; Lídia, a companheira mais constante, via o amante quase como um estranho ao final; Fernando Pessoa, o criador, aquele que dissera dele saber "tudo" (p. 362), estava quase sumindo e foi surpreendido pela decisão do heterônimo de com ele ir embora, chegando mesmo a tentar dissuadi-lo; e o narrador quase onisciente, bem, espera-se que a tal altura já esteja claro que este, em boa parte do romance, é quem menos "conhece" sua principal personagem. O erro encontra-se, assim, na conclusão provisória, de que a ficção de segundo grau voltava a ser ficção de primeiro grau — um erro que já se anunciava por aquele "poder-se-ia pensar", mas do qual ainda não era possível fugir em virtude da ausência de dados trabalhados na seqüência do percurso analítico.

E são efetivas em tal magnitude as modificações sofridas por Ricardo Reis que ele, ao contrário do que supusera o enganado narrador, não morre por não ter feito "o gesto" e dito a "palavra". Estão lá, ambos, declarados textualmente: "Foi à mesa-de-cabeceira buscar *The god of the labyrinth*, meteu-o debaixo do braço" (o gesto) e "Deixo o mundo aliviado de um enigma" (a palavra). Simplesmente anunciá-los não torna as coisas mais fáceis, no entanto, sem a tal ato (outro gesto) anexar uma justificativa (outra palavra). Ela se incorporará às respostas propostas às ainda pendentes quatro perguntas.

Por que Ricardo Reis sempre esquece o que leu neste livro que ele esqueceu de devolver à biblioteca do navio?
Porque o protagonista ainda não está pronto.
Por que ele nunca esquece de tentar de novo?
Porque "vivencia" um processo de modificação.
Por que ele não esquece o livro quando vai embora com Fernando Pessoa?

Já que as duas primeiras respostas não esclareceram muito, nesta será preciso deixar as implicações um pouco mais explícitas, inclusive porque a terceira pergunta não terá o seu teor alterado se assim for reformulada:

Por que ele faz o "gesto"?

Para tentar responder à questão empreender-se-ão três abordagens, da mais imediata à mais distante.

A primeira vale-se de um encadeamento simbólico simples e parte de dados da superfície do texto, de um único plano assim sintetizável: o romance policial resiste a Ricardo Reis. Ou seja, o sujeito lírico transformado em ficção encontra dificuldades para penetrar em um mundo fictício, objetivo que persegue reiteradamente. Daí se deduziria que tal sujeito, proveniente de um gênero no qual o "tempo" como fator estruturador cumpre um papel de importância "diferente",[42] não consegue acesso a um exemplar de um gênero no qual o "tempo", como em toda narrativa de ficção, cumpre um

---

42. Se se pensar, por exemplo, no conceito de "encontro de tempos", de Alfredo Bosi, o tempo cíclico do ritmo, a atemporalidade da imagem e o tempo histórico, ideológico, que se impregna no texto, ficará clara essa "diferença". Ver Alfredo Bosi, "O encontro dos tempos", in *O ser e o tempo da poesia*.

papel constitutivo,[43] apesar de estar posto nele, inserido, conseqüentemente, no "tempo". Uma paráfrase possível daquela síntese inicial seria: inserido no tempo, Ricardo Reis não consegue penetrá-lo. O "gesto", carregar o livro, indicaria a tomada de consciência da contradição lógica e uma ação cujo fim seria eliminá-la.

A segunda abordagem já pressupõe um percurso mais complexo. Trata-se de encaixar no raciocínio esboçado acima apenas o jogo intertextual com o conto borgiano, a partir da discussão realizada em Borges e as Entranhas da Ficção e Primeira Aproximação, na metade deste capítulo. Pelo que ali se concluiu, ao estabelecer uma relação implícita de *O ano da morte de Ricardo Reis* com o "Examen de la obra de Herbert Quain", José Saramago faz deslizar para dentro de sua obra, concentrada, uma idéia em especial, a de ficção, mas também, "simultaneamente", traz ecos de uma narrativa de ficção para dentro da sua ficção — não uma narrativa de ficção qualquer, contudo, uma narrativa de ficção extraída de um livro de narrativas chamado *Ficções*. E, repita-se, o tempo é o fator essencial na constituição de qualquer narrativa de ficção: esta dá "conteúdo ao tempo".[44]

Como se percebe, pode-se escrever uma nova cadeia dedutiva que resultará, em última instância, na mesma contradição lógica anterior, que recebe do "gesto" uma solução. A importância do jogo intertextual com Borges não se esgota aí, mas o já dito, para o momento, é suficiente.

Nas duas primeiras abordagens, ignorou-se a objeção feita pelo fantasma de Fernando Pessoa, de que, no lugar para onde ele e Ricardo Reis estavam indo, o livro seria inútil. Na terceira, ela

---

43. Sobre o assunto, ver, entre outros, Paul Ricoeur, *Tempo e narrativa*; e Benedito Nunes, *O tempo na narrativa*.
44. Thomas Mann, *A montanha mágica*, p. 601.

não mais será ignorada, mas, para tanto, será preciso passar à quarta pergunta, ainda que se saiba que a "nova pergunta 3" não está totalmente respondida.

Por que o "gesto" livra a humanidade de um enigma?
É fácil adivinhar que também essa questão será reescrita:
Por que Ricardo Reis diz a "palavra"?
Podemos ir direto para a terceira abordagem, na qual tudo se mistura. Para iniciá-la, vale a pena permitir que as evidências "descobertas" no item anterior possam complementar umas às outras em alguns pontos. Eram elas:

Evidência 1 — o narrador ironiza o questionamento da identidade presente no nome do escritor irlandês Herbert Quain, autor de uma obra que Ricardo Reis esquecera de devolver à biblioteca do navio no qual estivera e faz comentários críticos sobre o romance, seu enredo, o leitor do gênero policial e o leitor em geral.

Evidência 2 — ressalta-se, a partir da leitura distraída de Ricardo Reis, o acontecimento de um crime e a existência de um suspeito, que aventa a hipótese de existirem várias razões para justificar seu ato, inclusive a de ter sido a causa a própria vítima.

Evidência 3 — destacam-se três frases do narrador: "*pouco sabemos uns dos outros*"; "*como depressa se nos cansa a paciência quando dispomos a apurar motivos, a dilucidar impulsos*" e "*salvo se se trata duma vera investigação criminal*".

Há um tom generalizado de rebaixamento, que, metonimicamente, acomoda-se em direções contrárias, do livro policial para o crime que ele narra (maior para o menor) e, no sentido inverso, de *The god of the labyrinth* para os comentários gerais sobre a persistência e o grau possível de conhecimento dos homens e, também, para a própria ficção (o leitor é o único "real" sobrevivente). Diminui-se a importância do crime, diminui-se também a culpabilidade do suspeito, buscando-se transferir a culpa para a vítima. Como "pouco sabemos uns dos outros" e "como depressa se nos cansa a paciência quando dispomos a apurar motivos, a dilucidar impulsos", fica a implícita sugestão que se deixe o caso para lá, a não ser que se trate de uma "vera investigação criminal". Como está aí para provar o vocabulário policial e jurídico a que se tem recorrido com tanta freqüência neste estudo, é algo muito similar a isso o que acontece. Indefira-se a implícita sugestão.

Evidência 4 — o narrador assume o papel de um pregador e, imediatamente, pode ser visto como o pecador maior, o que tentara Cristo. Sobre ele, comenta Vieira: "Vede que ofertas, vede que conselhos, vede que petições! Oferece pedras, aconselha precipícios, pede caídas".

A evidência desmascara a estratégia tão usada pelo "criminoso" de disfarçar-se de modos muito engenhosos e, às vezes, arriscados, pois, como o exemplo acima mostra, ele pode acabar assumindo uma aparência que com certeza não desejara. A partir daí, reafirme-se, usando agora todas as palavras, que a "vítima" é Ricardo Reis, o "suspeito", o narrador, e o "crime", a tentativa de *assassinato*, a obsessão com que este jogador mais poderoso busca anular a existência temporal de seu protagonista.[45] Dito de modo diverso: ele é acusado de tentar convencer o leitor de que aquela voz poética é uma impossibilidade em outro contexto que não o seu de origem. Para tanto, cria uma ficção.

---

45. Ressalte-se o inteligente deslocamento que pode ser apreendido aqui. Em uma narrativa policial de cunho tradicional, o problema consiste, usualmente, em descobrir quem é o culpado. Em *O ano da morte de Ricardo Reis*, no entanto, uma das questões fundamentais, como se percebe, é descobrir que houve um crime, ou seja, não é o criminoso que está escondido e precisa ser revelado (desmascarado), e sim seu ato.

Evidência 5 — a personagem já muito transformada assume momentaneamente a narrativa e recorda-se de seu mais longo poema. Implícita na passagem encontra-se a essência da lição que Ricardo Reis vem aprendendo com o "passar do tempo": a ausência de compromisso com os acontecimentos é muito mais fácil na ficção.

Evidência 6 — Ricardo Reis "vê" o filho tombar durante uma guerra futura e também uma outra guerra e muitos outros mortos. O tabuleiro de que se recordara na evidência anterior subsiste, o jogo porém manifesta-se mais seriamente e a mente inventiva do poeta pagão acaba por recorrer ao misticismo cristão.

O protagonista, a "vítima", luta com as armas de que dispõe para se defender e justificar ao leitor por que ele pode, sim, mudar de gênero. Chega a simular o truque "deslocativo" de seu adversário e apela até mesmo para o deus que sempre desprezara, ou seja, quer mostrar que sua metamorfose não pode ser escondida.

Evidência 7 — Ricardo Reis faz o gesto e diz a palavra.

Depois dessa caça ao "microaleph", intervalo lúdico — "ficção do interlúdio" — inserido para pôr em discussão um ou outro elemento novo, para recapitular e conectar aspectos importantes sugeridos ou comentados de modo isolado anteriormente e para clarificar determinadas opções analíticas, volta-se aqui ao ponto em que o item anterior fora interrompido, a descrição da cena final de Ricardo Reis:

> Meia hora passou assim, ouviram-se as pancadas de um relógio no andar de cima, É estranho, pensou Ricardo Reis, não me lembrava deste relógio, ou esqueci-me dele depois de o ter ouvido pela primeira vez. Fernando Pessoa tinha as mãos sobre o joelho, os dedos entrelaça-

dos, estava de cabeça baixa. Sem se mexer, disse, Vim cá para lhe dizer que não tornaremos a ver-nos, Porquê, O meu tempo chegou ao fim, lembra-se de eu lhe ter dito que só tinha para uns meses, Lembro-me, Pois é isso, acabaram-se. Ricardo Reis subiu o nó da gravata, levantou-se, vestiu o casaco. Foi à mesa-de-cabeceira buscar *The god of the labyrinth*, meteu-o debaixo do braço. Então vamos, disse, Para onde é que você vai, Vou consigo, Devia ficar aqui, à espera da Lídia, Eu sei que devia, Para a consolar do desgosto de ter ficado sem o irmão, Não lhe posso valer, E esse livro, para que é, Apesar do tempo que tive, não cheguei a acabar de lê-lo, Não irá ter tempo, Terei o tempo todo, Engana-se, a leitura é a primeira virtude que se perde, lembra-se. Ricardo Reis abriu o livro, viu uns sinais incompreensíveis, uns riscos pretos, uma página suja, Já me custa ler, disse, mas mesmo assim vou levá-lo, Para quê, Deixo o mundo aliviado de um enigma. Saíram de casa, Fernando Pessoa ainda observa, Você não trouxe chapéu, Melhor do que eu sabe que não se usa lá. Estavam no passeio do jardim, olhavam as luzes pálidas do rio, a sombra ameaçadora dos montes. Então vamos, disse Fernando Pessoa, Vamos, disse Ricardo Reis. O Adamastor não se voltou para ver, parecia-lhe que desta vez ia ser capaz de dar o grande grito. Aqui o mar se acabou e a terra espera. (pp. 414-5).

Pode-se, agora, retomar as duas "novas" perguntas, ainda não respondidas satisfatoriamente. Em primeiro lugar, o "gesto".

A presença das alusões ao conto de Borges em *O ano da morte de Ricardo Reis* foi associada há pouco à figura do "tempo" em decorrência dos sentidos que ela incorpora. A incapacidade do protagonista de ler o livro, simbolicamente, indicaria, por sua vez, uma resistência ao "tempo", uma repetição do mesmo, como as batidas de um relógio cujos ponteiros não saíssem nunca do lugar: o Ricardo Reis em primeiro grau resiste ao Ricardo Reis em segundo grau.

Problematizado pelo contato com o Outro, no entanto, aquele ser que escrevera "Os jogadores de xadrez", poema no qual imperava a regra da tautologia — do igual que igual permanece —, se altera paulatinamente, vive a "educação de seu esquecimento", como ensina Borges: "*nuestro vivir es una serie de adaptaciones, vale decir, una educación del olvido*".[46] Assim, assistimos, espectadores privilegiados, a um novo espetáculo do mundo.

É logo antes de decidir ir embora com Fernando Pessoa que, após um último imobilismo, "meia hora passou assim", ouvem-se:

> as pancadas de um relógio no andar de cima, É estranho, pensou Ricardo Reis, não me lembrava deste relógio, ou esqueci-me dele depois de o ter ouvido pela primeira vez.

Os ponteiros se moveram. Completou-se o processo. Em seus derradeiros instantes, Ricardo Reis torna-se definitivamente um ser no tempo, portanto um ser no mundo do romance: incorpora seus "direitos" e percebe seus limites ("Não lhe posso valer").[47] Reencenado o "gesto", falta cumprir-se a "a palavra".

46. Jorge Luis Borges, "La postulación de la realidad", op. cit., p. 218.
47. Parece haver, aqui, ecos de outro conto de Borges, "El milagre secreto", também presente em *Ficciones*. Como se lembrará o leitor, ali o tempo se interrompe para que o protagonista possa "viver" o suficiente para "escrever" a sua obra-prima, o drama em verso "Los inimigos", antes de ser executado. Em ambos os casos, portanto, é imediatamente antes de morrer que as personagens se "completam". O conto, aliás, possui outros aspectos que poderiam ampliar aquela compilação de paralelos, vestígios e inversões esboçada aqui em Primeira Aproximação: a intriga se passa na conturbada Europa dos anos 1930 e se concentra em um escritor e seus textos fictícios; Francis Herbert Bradley é citado; e, para não aumentar muito a lista, nele o narrador afirma que Jaromir Hladík "preconizava el verso, porque impede que los espectadores olviden la irrealidad, que es condición del arte". Perceba-se, além da evidente relação entre o comentário e este estudo, que a pequena frase contém as palavras "verso", "espectadores", "esquecimento", "irrealidade" e "arte". Ver p. 510 de Borges, OC 1.

E é já na condição de ser no mundo que Ricardo Reis explica para Fernando Pessoa por que vai fazer o "gesto", vai levar com ele o "livro-tempo", ainda que ele seja ilegível ("Já me custa ler"). Ele quer aliviar a humanidade de um *"enigma"*. Um enigma? Retrocedamos um pouco aqueles ponteiros. Em uma de suas últimas conversas com o fantasma, na qual um número incomum de assuntos fora tratado, heterônimo e ortônimo ficcionalizados debatem sobre as especificidades femininas. A transcrição a seguir começa por uma fala de Fernando Pessoa:

> Por que será que as mulheres são assim, Nem todas, De acordo, mas só mulheres o conseguem ser, Quem o ouvisse, diria que você teve uma grande experiência delas, Tive apenas a experiência de quem assiste e vê passar, É grande engano o seu se continua a julgar que isso basta, é preciso dormir com elas, fazer-lhes filhos, mesmo que sejam para desmanchar, é preciso vê-las tristes e alegres, a rir e a chorar, calada e falando, é preciso olhá-las quando não sabem que estão a ser olhadas, E o que vêem então os homens hábeis, Um enigma, um quebra-cabeças, um labirinto, uma charada (p. 362).

O morto Pessoa admite que apenas assistiu e viu "passar", como certo autor que no passado concebera, e o novo Ricardo Reis, aprendiz aplicado e antigo cultor de estáticas "musas", dá a ele uma aula do que é "viver", singularizada por essa demonstração perspicaz do que é "conhecer uma mulher": figura paradigmática do radicalmente outro e, ao mesmo tempo, portadora exclusiva da capacidade de dar à luz, de gestar "a vida". O que vêem os "homens hábeis"?, pergunta o fantasma. Os "homens hábeis" vêem os acontecimentos em sua complexidade, com suas inerentes contradições e incertezas, ou seja, um "enigma, um quebra-cabeças, um labirinto, uma charada":[48] enigma que aponta para o futuro, de modo contrário àquele do conto de Borges, cujo surgimento avisava o leitor de um engano e impunha a revisão, a releitura, o olhar com cuidado para trás.

Com os enigmas complementares, cumpre-se a "palavra" e encerra-se, (provisoriamente) sintetizado, o jogo dialético do diferente que é igual e do igual que é diferente: "A pluridiscursividade e a dissonância penetram no romance e organizam nele um sistema literário harmonioso".[49] "Aqui o mar acaba e a terra principia" (p. 11), "aqui o mar se acabou e a terra espera": o tempo que passa, o tempo que vem. Se a regra é a inversão, em sua despedida, o ficcionalizado Ricardo Reis[50] brinca com o definitivamente liricizado Fernando Pessoa ("o meu tempo chegou ao fim") e diz o contrário do que faz. Ao levar um enigma, leva o tempo, leva a vida, leva o mundo que o outro, sempre "bom em charadas" (p. 363), crê, singelamente, aliviado. Quem "se engana"?

"Então vamos, disse Fernando Pessoa, Vamos, disse Ricardo Reis. O Adamastor não se voltou para ver, parecia-lhe que desta vez ia ser capaz de dar o grande grito", ainda diz, meio sem jeito, o narrador. Mas nenhum grito foi dado. Não há solidariedade possível entre estátuas.

48. Ou, como diz Luiz Costa Lima, a partir de Montaigne: "Somos tanto mais unos e tanto mais íntegros quanto menos conhecemos os papéis que representamos". Ver p. 221 de "Representação social e mimesis", in *Dispersa demanda*.
49. Bakhtin, "O discurso no romance", op. cit., p. 106.
50. Confirma-se assim, deslocada, esta hipótese "fictícia" de Bakhtin: "É claro que nenhum poeta que tenha existido historicamente como um homem envolvido pelo plurilingüismo e pela polifonia vivos não poderia ignorar esta sensação e esta atitude para com a sua língua (em maior ou menor grau), mas elas não poderiam encontrar lugar no *estilo poético* da sua obra sem destruí-lo, sem vertê-lo ao modo da prosa, sem transformar o poeta em prosador". Ver "O discurso no romance", op. cit., p. 93.

Vai, então, Ricardo Reis. Carrega ele da nova vida para a outra vida o livro de deus e seu labirinto, ilegível agora ("uns sinais incompreensíveis, uns riscos pretos, uma página suja"), como o futuro, ponto inalcançável do eixo temporal, o foi desde sempre. Isso, entretanto, não é tudo que leva. Sob as sombras "ameaçadoras", não mais "amigas" — como no encerramento de sua famosa ode —, parte, também, com

> *a memória de um jogo bem jogado*
> *e de uma partida ganha*
> *a um jogador melhor.*

CAPÍTULO 5

SEMPRE A GLOSA DA GLOSA...

"*Parece o princípio duma confissão, duma autobiografia íntima, tudo o que é oculto se contém nesta linha manuscrita, agora o problema é descobrir o resto, apenas.*"

"*A realidade não suporta seu reflexo, rejeita-o, só uma outra realidade, qual seja, pode ser colocada no lugar daquela que se quis expressar, e, sendo diferentes entre si, mutuamente se mostram, explicam e enumeram, a realidade como invenção que foi, a invenção como realidade que é.*"

O ano da morte de Ricardo Reis

ESTE ESTUDO NÃO ESTARIA respeitando um de seus principais critérios, o de estabelecer inversões para resgatar sentidos, se não o aplicasse a ele mesmo. Depois de atravessar, portanto, a fase basilar de uma interpretação literária, que estabelece um movimento de fora para dentro ao se preocupar com as questões internas da obra, faz-se agora necessário partir para o caminho oposto, ir de dentro para fora e verificar como o texto dialoga com o que se encontra fora dele, no caso, as outras ficções do autor e a idéia de "crise do romance", dois dos aspectos propriamente literários do que se poderia conceber como a inserção histórica da narrativa. Uma discussão externa como essa, mesmo que *a priori* limitada, implica um universo de possibilidades que se multiplica exponencialmente e é, por princípio, mais ampla do que uma pesquisa de caráter imanente.[1] Daí ser importante ressaltar que, ao contrário do que ocorreu nos capítulos anteriores, nos quais se propôs uma (ainda que provisória) interpretação abrangente e integradora de uma obra predeterminada, este capítulo pretenderá apenas sugerir tendências e hipóteses, a serem aprofundadas, talvez, em um trabalho futuro. O ponto de partida e de chegada, no entanto, permanecerá imutável: *O ano da morte de Ricardo Reis* seguirá fornecendo subsídios para a leitura e iluminando o horizonte válido para a compreensão possível.

AS MÚLTIPLAS DUPLICAÇÕES

Buscar na obra alheia um protagonista, compor os restantes personagens principais do livro a partir de aspectos desse outro, estabelecer como um dos mais importantes critérios estruturantes do romance a manifestação da ficção na ficção, deslocar personagens e narrador para que os papéis de cada um sejam assumidos constantemente por outros, tornar a repetição de uma tentativa de leitura um dos pontos cruciais da narrativa, estes são alguns exemplos de um fenômeno onipresente em *O ano da morte de Ricardo*

---

1. Aqui, "imanente" não exclui, de modo algum, o estudo dialógico da obra com outras obras.

Reis e, aqui se estabelece uma primeira hipótese, em toda a obra romanesca de José Saramago, culminando com *O homem duplicado*:[2] o fenômeno da duplicação, do duplo.

No célebre ensaio de Freud,[3] o duplo, a aparição de algo familiar que estava reprimido, é apontado como um causador fundamental do sentimento de estranheza. Na literatura, de acordo com o psicanalista, ele se manifesta em personagens que parecem semelhantes ou que compartilham conhecimentos e experiência, ou na identificação de um sujeito a outro a ponto de colocar em dúvida sua própria subjetividade, ou, por fim, na repetição dos mesmos acontecimentos ou características — manifestações, como se nota, muito próximas às apontadas na obra aqui estudada.

O filósofo francês Clément Rosset tenta ampliar a abrangência do conceito e o associa não apenas às patologias mentais ou à utilização literária. Para ele, o duplo está presente em "um espaço cultural muito mais vasto", no espaço de "toda ilusão",[4] cuja técnica geral é transformar "uma coisa em duas". Depois de discutir algumas "ilusões" — a "oracular", a "metafísica", a "psicológica", que lidam, respectivamente, com o "acontecimento", o "mundo" e o "homem" —, Rosset conclui, na esteira de Freud:

> Os diferentes aspectos da ilusão descritos anteriormente reenviam para uma mesma função, para uma mesma estrutura, para um mesmo fracasso. A função: proteger do real. A estrutura: não recusar perceber

---

2. Publicado no momento em que este estudo estava praticamente pronto, esse romance de José Saramago explicita com muita ironia várias questões discutidas aqui, como a do duplo ou, também, a da atitude digressiva e invasiva do narrador.
3. Sigmund Freud, *O estranho*.
4. Clément Rosset, *O real e seu duplo*, p. 21.

o real, mas desdobrá-lo. O fracasso: reconhecer tarde demais no duplo protetor o próprio real do qual se pensava estar protegido. Esta é a maldição da esquiva: reenviar, pelo subterfúgio de uma duplicação fantasmática, ao indesejável ponto de partida, o real.[5]

Ter-se-ia, assim, um círculo vicioso. Em Saramago, iluminista tardio em cuja obra impera a tantas vezes já evocada lei da inversão, ocorre o oposto do que postula o filósofo francês, ou seja, para resumir, uma passagem do negativo para o positivo. Ter-se-ia, então, ao final, um círculo virtuoso.

Em praticamente todos os livros do autor, apresentam-se personagens com "identidades" conturbadas, que precisam de contato e de confronto para adquirir um estado de equilíbrio existencial. Em termos numéricos, estão todas situadas no intervalo de zero a um e, para evitar a queda definitiva à nulidade, buscam a diferença necessária para completá-las em outros seres, duplicam e assimilam aspectos e características do outro. Esse trajeto em direção à integridade, pelo qual o plural constrói o singular — o que justifica a aplicação da lei de inversão acima —, fornece o esquema geral preenchido por José Saramago em cada um de seus romances de maneiras diferentes: sejam os casais Raimundo e Maria Sara duplicando Mogueime e Ouroana (*História do cerco de Lisboa*); seja Jesus, duplo de Deus, duplicando José, o pai, e, depois, o diabo, já em si um duplo por contraste (*O Evangelho segundo Jesus Cristo*); sejam os cegos, duplicados entre si e reduzidos à quase inumanidade em sua doença branca (*Ensaio sobre a cegueira*); seja o sr. José, à procura de um nome em meio a "todos os nomes" para deixar de ser o duplo de nada. Em cada um, o processo "duplicatório", uma vez

---

5. Op. cit., p. 105.

desencadeado, resulta em seres aprimorados, mais conscientes de suas individualidades, de seus limites e dos limites dos outros. A indefinição das alteridades, no princípio pouco distintas, alavanca um processo de consolidação de interioridades únicas e plenamente distinguíveis. Eis uma segunda hipótese.[6]

Este trajeto rumo à positividade aplica-se também, por outro lado, àquele "rompante" imaginativo analisado no capítulo anterior. Não se tratava de uma "doença", da qual se podia ser "curado", e sim de uma adequação à condição humana, à qual a fantasia, a ilusão, a ficção é inerente. Daí ser possível supor — e surge uma terceira hipótese — que *O ano da morte de Ricardo Reis* faz, na somatória de cada uma de suas particularidades narrativas e opções de enredo, o que ele já fazia desde a sua idéia fundadora, a de transformar uma invenção prioritariamente poética em personagem de prosa, ou seja, o romance *O ano da morte de Ricardo Reis* faz, acima de tudo, um elogio a uma forma tão nobre e atacada de ilusão, de fantasia, de ficção: o romance faz um contundente elogio ao romance.

O "MÉTODO CRÍTICO" DE JOSÉ SARAMAGO

Reproduzo, a seguir, um trecho de entrevista com Claude Lévi-Strauss:

---

6. O que aqui aparece como parte da conclusão do estudo foi, de fato, a primeira intuição que indicou haver algo estranho na compreensão do destino de Ricardo Reis pelos outros intérpretes da narrativa até agora estudada: por que, afinal, apenas ele, dentre os protagonistas dos romances de José Saramago, fugiria desse esquema geral de aprimoramento, muito mais facilmente perceptível em outras obras do autor?

Eu lhe pergunto o que ele está lendo neste momento, além dos trabalhos dos seus colegas."Passei o verão lendo os romances ingleses do século XIX: Jane Austen, Thackeray, Trollope e Dickens. Eu os havia lido quando era adolescente, em francês. Agora eu retomei estes Dickens clássicos que conhecia desde a infância, mas desta vez eu os li em inglês." E depois, acrescenta, "reli Balzac pela quadragésima vez, em um estado de encantamento total". Compreender-se-á que ele faz muito pouco caso do romance contemporâneo: "Tenho impressão de que o romance é um gênero que não existe mais".[7]

Por sua importância incontestável, o antropólogo pode ser citado para representar uma ampla corrente de pensamento que considera o romance um gênero decadente.[8] Certamente, tal concepção contém em si uma dose daquele sentimento universal e inevitável de crise discutido por Frank Kermode.[9] Não é possível, no âmbito deste trabalho, traçar uma genealogia[10] da questão, mas se sabe que essa idéia de crise se liga concretamente a uma série de veredictos críticos: basta relembrar o já mencionado de Walter Benjamin, de que a falência da experiência extinguiu a arte de

---

7. O trecho reproduz uma parte de uma entrevista concedida por Lévi-Strauss a Didier Eribon e publicada no jornal francês *Le Nouvel Observateur*, no dia 10 de outubro de 2002.
8. Ver, também, por exemplo: "Há cerca de trinta anos, T. S. Eliot afirmou que o gênero havia terminado com Flaubert e Henry James. De uma forma ou de outra, diferentes ensaístas reiteraram esse juízo fúnebre. Ocorre que, com freqüência, se confunde transformação com mudança". In Ernesto Sábato, *O escritor e seus fantasmas*, pág. 91.
9. Frank Kermode, *The sense of an ending*.
10. Como mostra Antonio Candido, de fato, desde seus primórdios, o romance moderno conviveu com uma certa "timidez". Ver "A timidez do romance".

narrar, ou, talvez, a dúvida de Adorno sobre a viabilidade da poesia (o que autorizaria a se pensar, por extensão, em toda a literatura) após Auschwitz.[11]

Não por acaso, movimento paralelo se passa no campo dos estudos literários, o que leva o crítico Hans-Ulrich Gumbrecht a retomar em uma palestra uma declaração de Erich Auerbach de 1952 — e a data é importante porque indica que o autor de *Mímesis* estava, como Adorno, ainda sob grande impacto da Segunda Guerra Mundial —, segundo o qual algo estava chegando ao fim na área e era impossível saber o que viria a seguir, e torná-la ainda mais dramática. Agora, afirmou ele, nós não só não sabemos o que está por vir como também não temos como saber o que está acabando.[12]

A hipótese com que se encerrou o item anterior se insere nesse contexto. Ela traz em seu cerne uma defesa da viabilidade da literatura, principalmente do romance, e das formas de compreender e discutir a literatura,[13] já que não deixa de ser isso o que faz

11. Se fosse participar dessa discussão, ou daquela do segundo capítulo, talvez Bernardo Soares, de quem se falará a seguir, dissesse: "Ah, compreendo! O patrão Vasques é a Vida. A Vida, monótona e necessária, mandante e desconhecida. Este homem banal representa a banalidade da Vida. Ele é tudo para mim, por fora, porque a Vida é tudo para mim por fora.

E, se o escritório da Rua dos Douradores representa para mim a vida, este meu segundo andar, onde moro, na mesma Rua dos Douradores, representa para mim a Arte. Sim, a Arte, que mora na mesma rua que a Vida, porém num lugar diferente, a Arte que alivia da vida sem aliviar de viver, que é tão monótona como a mesma vida, mas só em lugar diferente. Sim, esta Rua dos Douradores compreende para mim todo o sentido das coisas, a solução de todos os enigmas, salvo o existirem enigmas, que é o que não pode ter solução". Em Fernando Pessoa, *Livro do desassossego*, p. 53.

12. Transcrição datilografada de palestra proferida na *Folha de S.Paulo* em abril de 2002.

13. Ver, a respeito, o importante comentário de Luiz Costa Lima sobre a diferença entre a "instabilidade semântica" na ficção contemporânea, que ele aceita, e a idéia de que ela implique uma suposta "indecidibilidade interpretativa", que ele rejeita. Luiz Costa Lima, "O paradoxo em Kafka", in *Mímesis: desafio ao pensamento*.

O ano da morte de Ricardo Reis ao incluir em seu enredo esse elogio do romance que será comentado no próximo item. Antes, contudo, é preciso indicar um candidato a precursor para a narrativa de Saramago, para que se possa acrescentar uma nova "causa" possível para essa "impressão" de inexistência sugerida na entrevista de Lévi-Strauss.

Com os fragmentos textuais em que nada acontece de *O livro do desassossego*, cujo seqüenciamento é incerto e em cujo âmago há mínimos registros da passagem de tempo, Fernando Pessoa escreve um texto de difícil classificação, um "projeto suicida" — conforme bem o descreveu Eduardo Lourenço —, que, apesar disso, pode se enquadrar como um ponto elevado na história do "gênero romance" em decorrência de sua moldura básica. Dividido em pedaços desconexos como as páginas que o carregam, o guardador de livros Bernardo Soares, chamado por Pessoa de semi-heterônimo — por ser igual a ele mesmo, embora "mutilado", "deprimido", "sonolento"[14] —, traz em si, como o seu quase-outro, traços perceptíveis dos três heterônimos e do ortônimo. Como o Ricardo Reis recriado por José Saramago, Bernardo Soares possui cada um dos outros e por eles é possuído, numa "antropofagia" que distorce e desfoca os contornos de ser e parecer.[15]

É nesse texto-limite, também poesia tornada prosa, que talvez possa ser encontrada a gênese configurativa da narrativa não só de

---

14. Para uma amostra das várias caracterizações que Pessoa faz de Bernardo Soares, ver pp. 502-9 de Fernando Pessoa, *Livro do desassossego*.

15. "São as mesmas intuições capitais, as mesmas imagens, os mesmos sintagmas, as mesmas metáforas, mas ditas, assumidas em nome de outro sujeito, onde se escuta a voz de todos os outros, Caeiro, Campos, Reis." Cf. Eduardo Lourenço, "O livro do desassossego, texto suicida?", in *Fernando, rei da nossa Baviera*, p. 87.

O ano da morte de Ricardo Reis,[16] certamente o seu descendente mais próximo, mas também, pode-se arriscar, numa hipótese decorrente das hipóteses anteriores, de toda a ficção romanesca do autor, pois é nele, "*autobiografia sem factos*", que se encontra esse arcabouço mínimo composto por uma voz principal e diminuída, constantemente silenciada por outras vozes que assumem o seu lugar. Não é importante que os sentidos daí provenientes sejam eventualmente distintos e até mesmo contrários na obra "matriz" e nas suas "herdeiras". A questão que aqui nos concerne é a ligação dos romances de Saramago a um "modelo narrativo" em cujo cerne está a manifestação da polifonia onde aparentemente existe apenas monofonia; ou, para dizer de outro modo, reafirma-se a vinculação a essa vocação teatral dos romances já comentada no capítulo 3: mesmo quando ali se crê "ouvir" um monólogo, existem, normalmente, personagens "conversando".[17] Ao que Bernardo Soares acresceria: "Tudo é teatro. Ah, quero a verdade? Vou continuar o romance...".[18]

Nesse uso inventivo de uma mistura de vozes, tão recorrente em boa parte da ficção do último século, está, talvez, uma outra gênese da idéia de "crise do romance", no fato de, segundo Paul Ricoeur, o princípio da estrutura dialógica da narrativa — percebido inicialmente por Bakhtin na obra de Dostoiévski — ter sido elevado "a princípio estrutural da obra romanesca".[19] Ter-se-ia aí o problema, assim sintetizado por ele:

16. Acrescente-se que o *Livro do desassossego* é também, entre outras tantas coisas, um magnífico tratado do ver, do fingir e do sonhar e do abismo, até mesmo de abismos invertidos ("Nós nunca nos realizamos. Somos dois abismos — um poço fitando o céu". Fernando Pessoa, *Livro do desassossego*, p. 54.
17. "Sou a cena viva onde passam vários actores representando várias peças." Op. cit., p. 284.
18. Cit. in Teresa Rita Lopes, *Pessoa por conhecer*, p. 175.
19. Paul Ricoeur, *Tempo e narrativa*, vol. 2, p. 159.

o princípio dialógico, que parece coroar a pirâmide dos princípios de composição da ficção narrativa, não está, ao mesmo tempo, minando a base do edifício [...]? Ao nos deslocarmos da mímese de ação à mímese dos personagens, depois à mímese de seus pensamentos, de seu sentimentos e de sua linguagem e, transpondo o último limiar, o do monólogo ao diálogo, tanto no plano do discurso do narrador quanto no da personagem, não substituiríamos sub-repticiamente o tecer da intriga por um princípio estruturalmente radicalmente diferente, que é o próprio diálogo?[20]

Ricoeur parte de Bakhtin para formular a questão e retorna ao autor russo para responder a ela. Segundo ele, o "tecer da intriga" se sustenta porque está indissoluvelmente conectado, na ficção contemporânea, a uma "matriz de intrigas" elencada nos *Problemas da poética de Dostoiévski*, a saber, a matriz carnavalesca, na qual se incluem as várias formas do "sério-cômico": "o romance polifônico distende até o ponto de ruptura a capacidade de extensão da mímese de ação [...]; se não transpõe esse umbral é graças ao princípio organizador que ele recolhe da longa tradição balizada pelo gênero carnavalesco".[21] Mas a ruptura poderia acontecer e surgiria, então, um gênero inédito, argumenta Ricoeur. A ficção narrativa conclui, assegura a sua condição, no entanto, enquanto puder ser "identificada como 'fábula do tempo' ou 'fábula sobre o tempo'".[22] Com isso, com o ressurgimento do "tempo", fecha-se mais um círculo e somos jogados de volta ao interior de *O ano da morte de Ricardo Reis*, à derradeira, ao menos nos limites deste trabalho, glosa da glosa, que não deixa de ser, também ela, uma duplicação.

20. Op. cit., p. 159.
21. Idem, pp. 160 e 161.
22. Idem, p. 161.

E O JOGO CONTINUA

As principais passagens em que *O ano da morte de Ricardo Reis* faz o elogio ao romance e os momentos em que se pode inferir que isso está acontecendo já foram, de modo disperso, quase todos citados no decorrer deste estudo: a idéia fundadora da obra; a ascensão de Ricardo Reis e a força demonstrada por Lídia — ambos "figuras" poéticas transformadas em ficção —; a proliferação de instâncias fictícias dentro da ficção; a imersão final do protagonista no tempo, conceito constitutivo da forma romanesca; a importância que assume no enredo o romance policial extraído do conto de Borges e até uma maneira especial, típica desse gênero inventado por Poe, de ler um livro, menos espiritual e mais intelectualizada, como afirmou o escritor argentino.[23] A tais indícios se poderia acrescentar uma "homenagem".

Essa espécie de criação e consolidação de um caráter que acontece com o protagonista no desenrolar de suas aventuras e desventuras existenciais — que, conforme se tentou mostrar aqui, assume papel primordial na compreensão da obra — mostra ecos da formulação clássica[24] do "romance de formação". E essa "tradição" literária fundada por Goethe é crucial na consolidação da

---

23. Para Borges, Poe não apenas inventou o gênero, inventou também um novo leitor. Cf. "El conto policial", in *Borges, oral*, OC 4.
24. Como diz Marcus Mazzari, na esteira da crítica: "No centro do romance [*Os anos de aprendizado de Wilhelm Meister*, a obra fundadora do subgênero] está a questão da formação do indivíduo, do desenvolvimento de suas potencialidades sob as condições históricas dadas". Ver *Romance de formação em perspectiva histórica*, p. 67. Perceba-se que também aqui vale a regra da inversão, pois a aprendizagem de Ricardo Reis contém grande dose de "desaprendizagem": a sua inserção no tempo implica a aceitação da luta com o desconhecido, a permeabilidade a modificações, a revogação do gosto por formas fixas e padrões definidos, ou seja, a passagem de um mundo de certezas para um de dúvidas.

forma, sendo responsável por uma "das três expansões notáveis do gênero romanesco", segundo Ricoeur.[25]

Como se percebe, o texto de Saramago faz, por meio dos mais variados artifícios, quase uma anatomia do romance, apresentando alguns de seus principais momentos, dissecando determinadas propriedades e, simultaneamente, apresentando sugestões para aprimorá-lo.

Os fios, porém, não estão soltos no espaço, e a opção por um campo termina por acarretar a indicação de que um outro se encontra diminuído. No caso, o elogio da prosa de ficção implica — e esta é a última hipótese — uma possível crítica a um tipo de literatura lírica, simbolizada em *O ano da morte de Ricardo Reis* pelo fantasma de Fernando Pessoa, que está morto e impossibilitado de agir, e por Marcenda, em sua imobilidade, que, como escrevi anteriormente, sai da vida do heterônimo recriado, deixa de existir, para se transformar em poesia. Mas uma nova inversão aparece, pois ambos, ausentes do tempo, são primordiais para a construção do novo Ricardo Reis; logo são essenciais para a constituição de uma outra ordenação do mundo.

Para captar no romance uma síntese desse embate paradoxal, nada melhor do que recorrer a uma das mais enigmáticas "formas" de ficção. Será preciso retomar a análise de um sonho de Ricardo Reis empreendida no capítulo anterior.[26] Comentou-

---

25. Paul Ricoeur, op. cit., p. 18.
26. O trecho em questão é: "[...] sonhara com grandes planícies banhadas de sol, com rios que deslizavam em meandros entre as árvores, barcos que desciam solenes a corrente, ou alheios, e ele viajando em todos, multiplicado, dividido, acenando para si mesmo como quem se despede, ou como se com o gesto quisesse antecipar um encontro, depois os barcos entraram num lago, ou estuário, águas quietas, paradas, ficaram imóveis, dez seriam, ou vinte, qualquer número, sem vela nem remo, ao alcance da voz, mas não podiam entender-se os marinheiros, falavam ao mesmo tempo, e como eram iguais as palavras que diziam e em igual sequência não se ouviam uns aos outros, por fim os barcos começaram a afundar-se, o coro das vozes reduzia-se, sonhando tentava Ricardo Reis fixar as palavras, as derradeiras, ainda julgou que o tinha conseguido, mas o último barco foi ao fundo, as sílabas desligadas, soltas, borbulharam na água, exalação da palavra afogada, subiram à superfície, sonoras, porém sem significado, adeus não era, nem promessa, nem testamento, e o que o fossem, sobre as águas já não havia ninguém para ouvir" (p. 165).

se ali ser necessário realizar dois passos: uma condensação e um deslocamento. A condensação desvelaria a "intenção" do narrador ao decidir contar especificamente aquele sonho. Seguindo tal raciocínio, seria uma inserção premonitória, um duplo imagético do porvir do protagonista que ele decide, como quem não quer nada, antecipar para seus leitores. A crueldade sutil estaria em colocar no inconsciente do ser condenado o oráculo que prevê a sua destruição. Para efetuar o segundo passo, é preciso deslocar essa leitura inicial, de certa maneira tentando descobrir o mesmo jogo de troca de papéis tantas vezes observado ao longo deste estudo. A lógica da "interpretação" do narrador está potencialmente correta, mas a premonição decorrente dela não se confirma. Daí se infere que essa ficção explicitamente exposta, uma intromissão onírica, cumpre o mesmo papel que as outras tantas com ela elencadas no capítulo anterior e atua para efetivar as modificações na personagem. Nesse caso, o relato do narrador exerce, sem que, obviamente, ele o queira, uma função na "cura" de Ricardo Reis e, portanto, em mais uma inversão, age como aquele que busca curar: o sonho, então, remeteria ao trabalho analítico. Porém, mais do que isso, se a lógica parece correta e a premonição específica não se cumpre (ele é outro), a condenação genérica da categoria a que pertencia o escritor poderia ser sustentada. Estariam destinados à decadência, à recepção "sonora, mas sem significado", os poetas líricos e, talvez, por extensão, a lírica ela mesma, enquanto um dos três gêneros literários da tradição? A saída seria, como a personagem, vivenciar um árduo processo de modificações?

Persiste o paradoxo anunciado há alguns parágrafos. Assim como Fernando Pessoa e Marcenda são responsáveis em grande medida pela construção do novo Ricardo Reis e ao mesmo tempo, aparentemente, representam a derrota de uma "lírica" um tanto estereotipada para a prosa ficcional, o Ricardo Reis original torna-se a figura emblemática dessa mesma "lírica" desvalorizada e, simultaneamente, demonstra ser maleável e flexível o suficiente para compreender as circunstâncias alteradas em que se encontra e se enquadrar a elas. Não importa se de primeiro, segundo ou terceiro grau, é único o Ricardo Reis que resiste na realidade da ficção (recriou seu precursor e se refez) e, ao final da narrativa, aceita o tempo, aceita o mundo e por eles é aceito.

Nesse contexto, o paradoxo mostra-se insolúvel, mas isso talvez não seja, apesar de tudo, motivo para perplexidade. Afinal, descobrir que o enigma equivale à vida e que é ela que Ricardo Reis leva ao partir com Fernando Pessoa não significa desvendá-la. Anunciar que o abismo está invertido não quer dizer que o seu interior esteja exposto. Concluir não se esgota com o gesto de apontar uma última palavra, nem com quatro perguntas. Restam inúmeras: o gesto e a palavra sobrevivem facilmente ao ponto final.

Bibliografia

Obras do autor

SARAMAGO, José. *A caverna*. São Paulo, Companhia das Letras, 2000.
_____. *A jangada de pedra*. São Paulo, Companhia das Letras, 1991.
_____. *Cadernos de Lanzarote — Diário I*. Lisboa, Editorial Caminho, 1994.
_____. *Cadernos de Lanzarote — Diário II*. Lisboa, Editorial Caminho, 1995.
_____. *Cadernos de Lanzarote — Diário III*. Lisboa, Editorial Caminho, 1996.
_____. *Cadernos de Lanzarote — Diário IV*. Lisboa, Editorial Caminho, 1997.
_____. *Ensaio sobre a cegueira*. São Paulo, Companhia das Letras, 1995.
_____. *História do cerco de Lisboa*. São Paulo, Companhia das Letras, 1989.
_____. *In nomine Dei*. São Paulo. Companhia das Letras, 1993.
_____. *Levantado do chão*. Rio de Janeiro, Bertrand Brasil, 1989.
_____. *Memorial do convento*. Rio de Janeiro, Bertrand Brasil, 1992.
_____. *O ano da morte de Ricardo Reis*. São Paulo, Companhia das Letras, 2001.
_____. *O Evangelho segundo Jesus Cristo*. São Paulo, Companhia das Letras, 1991.
_____. *O homem duplicado*. São Paulo, Companhia das Letras, 2002.
_____. *Todos os nomes*. São Paulo, Companhia das Letras, 1989.
_____. "Fernando Pessoa e o universo inacabado". In SANTOS, Gilda, SILVEIRA, Jorge Fernandes da, e SILVA, Teresa Cristina Cerdeira da, *Cleonice: clara em sua geração*. Rio de Janeiro, Editora da UFRJ, 1995.
_____. "O autor como narrador". *Cult*, 17, São Paulo, 1998.

OBRAS SOBRE O AUTOR

ALLEMAND, Maria Lúcia de Oliveira. *Tempo e voz: o percurso trágico-ideológico na narrativa de José Saramago*. Tese de doutorado, FFLCH-USP, 1996.

ARÊAS, Vilma. "Infinitas histórias infinitamente ramificadas". In *José Saramago: uma homenagem*. Org. de Beatriz Berrini. São Paulo, Educ, 1999.

BERRINI, Beatriz. *Ler Saramago: o romance*. Lisboa, Caminho, 1999.

_____. "O ano da morte de Ricardo Reis: sugestões do texto". In *José Saramago: uma homenagem*, op. cit.

_____. "Camões, Pessoa, Saramago". In SANTOS, Gilda, SILVEIRA, Jorge Fernandes da, e SILVA, Teresa Cristina Cerdeira da, *Cleonice: clara em sua geração*. Rio de Janeiro, Editora da UFRJ, 1995.

BRAGA, Inês. "José Saramago: O ano da morte de Ricardo Reis". *Persona, 11-12*, Porto, dez. de 1995.

BUENO, Aparecida de Fátima. *O poeta no labirinto: a construção do personagem em O ano da morte de Ricardo Reis*. Dissertação de mestrado, IEL-UNICAMP, 1994.

CARVALHAL, Tania Franco. "De fantasmas e poetas: o pessoano Saramago". In *José Saramago: uma homenagem*, op. cit.

COSTA, Horácio. "Sobre a pós-modernidade em Portugal, Saramago revisita Pessoa". *Colóquio Letras, 109*. Lisboa, 1989.

_____. *O período formativo*. Lisboa, Caminho Editorial, 1998.

DURAN, Cassilda. *O ano da morte de Ricardo Reis: uma recriação do mito-Pessoa*. Dissertação de mestrado, FFLCH-USP, 1999.

FILHO, Odil de Oliveira. *Carnaval no convento*. São Paulo, Editora da Unesp, 1993.

FRANÇA, Maria José Moreira. *A tessitura do avesso: Ensaio sobre a cegueira, Todos os nomes e A caverna, de José Saramago, na mira da sátira menipéia*. Tese de doutorado, FFLCH-USP, 2001.

FURTADO, Magda Medeiros. "Memória invencível: literatura e história em José Saramago", *Anais do Segundo Congresso da Abralic*, Belo Horizonte, 1990.

GARDINALLI FILHO, Eugênio. "O ano da morte de Ricardo Reis: da irrupção heteronímica à contextualização crítica efetuada por José Saramago". In LOPONDO, Lílian (org.), *Saramago segundo terceiros*. São Paulo, Humanitas, 1998.

GOBBI, Márcia Zamboni. *De fato, ficção*. Tese de doutorado, FFLCH-USP, 1997.

GOMES, Álvaro Cardoso. *A voz itinerante*. São Paulo, EDUSP, 1993.

JÚDICE, Nuno. "José Saramago: o romance no lugar de todas as rupturas". Texto extraído do site do Instituto Camões.

KLOBUCKA, Anna (ed.). *On Saramago: Portuguese literary & cultural studies 6*. Dartmouth (University of Massachusetts), 2001.

LOPONDO, Lílian. "O proselitismo em questão". In *Saramago segundo terceiros*, op. cit.

LOURENÇO, Eduardo. *O canto do signo: existência e literatura (1957-1993)*. Lisboa, Editorial Presença, 1994.

MARTINS, Adriana Alves de Paula. *História e ficção: um diálogo*. Lisboa, Fim de Século, 1994.

OLIVEIRA, Isaura. "Lisboa segundo Saramago". In *José Saramago: o ano de 1998*. *Colóquio Letras, 151-152*. Lisboa, Fundação Calouste Gulbenkian, 1999.

PERRONE-MOISÉS, Leyla. "Formas e usos da negação na ficção histórica de José Saramago". In *Literatura e história: três vozes de expressão portuguesa*. Org. de CARVALHAL, Tania Franco, e TUTIKIAN, Jane.

_____. *Inútil poesia*. São Paulo, Companhia das Letras, 2000.

PICCHIO, Luciana Stegagno. "A lição da pedra". In *José Saramago: o ano de 1998*, op. cit.

PONTIERO, Giovanni. "O ano da morte de Ricardo Reis". Suplemento de Cultura de *O Estado de S. Paulo*, 11.2.1989.

REBELO, Luis de Sousa. "Os rumos da ficção de José Saramago", prefácio ao *Manual de pintura e caligrafia*, de José Saramago. Lisboa, Editorial Caminho, 1983.

REIS, Carlos. *Diálogos com José Saramago*. Lisboa, Caminho, 1998.

SANTILI, Maria Aparecida. "Saramago, mago: imago de Ricardo Reis". In *José Saramago: uma homenagem*, op. cit.

SILVA, Haidê. *Ficção e história em O ano da morte de Ricardo Reis*. Dissertação de mestrado, FFLCH-USP, 2002.

SILVA, Teresa Cristina Cerdeira da. *José Saramago: entre a história e a ficção: uma saga de portugueses*. Lisboa, Publicações Dom Quixote, 1989.

VALE, Francisco. "Neste livro nada é verdade e nada é mentira". *Jornal de Letras, Artes e Idéias*. Lisboa, 30.10 a 5.11.1984.

VIEIRA, Agripina Carriço. "Da história ao indivíduo". In *José Saramago: o ano de 1998*, op. cit.

Obras de e sobre (aspectos de) Fernando Pessoa e Jorge Luis Borges:

ABAD, José M. Cuesta. *Ficciones de una crisis: poética e interpretación en Borges*. Madri, Gredos, 1995.

AGHEANA, Ion. *Reasoned thematic dictionary of the prose of Jorge Luis Borges*. Hannover, Ediciones del Norte, 1990.

BALDERSTON, Daniel. *Fuera del contexto? Referencialidad histórica y expresión de la realidad en Borges*. Rosario, Beatriz Viterbo Editora, 1996.

_____. *The literary universe of Jorge Luis Borges: an index to references and allusions to persons, titles, and places in his writings*. Nova York, Greenwood Press, 1986.

BLOOM, Harold et alii. *Jorge Luis Borges: modern critical views*. Nova York, Chelsea House, 1986.

BLÜHER, Karl Alfred, e DE TORO, Alfonso (orgs.). *Jorge Luis Borges: variaciones interpretativas sobre sus procedimientos literarios y bases epistemológicas*. Frankfurt/Madri, TCCL, 1995.

BORGES, Jorge Luis. *Obras completas*. 3 vols. Buenos Aires, Emecé, 1989.

_____. *Obras completas*. Vol. 4. Buenos Aires, Emecé, 1996.

CHRIST, Ronald. *The narrow act: Borges' art of allusion*. Nova York, Lumen Books, 1995.

COELHO, Jacinto do Prado. *Diversidade e unidade em Fernando Pessoa*. Lisboa, Editorial Verbo, 1979.

GARCEZ, Maria Helena. *O tabuleiro antigo*. São Paulo, EDUSP, 1990.

IRWIN, John T. *The mistery to a solution: Poe, Borges, and the detective story*. Baltimore, Johns Hopkins University Press, 1994.

GIL, José. *Diferença e negação na poesia de Fernando Pessoa*. Rio de Janeiro, Relume-Dumará, 1999.

LOPES, Teresa Rita. *Pessoa por conhecer*. 2 vols. Lisboa, Editorial Estampa, 1990.

LOURENÇO, Eduardo, *Fernando Pessoa revisitado*. Lisboa, Gradiva, 2000.

_____. *Fernando, rei da nossa Baviera*. Lisboa, Imprensa Nacional, 1993.

_____. "Pessoa ou a realidade como ficção". In *Poesia e metafísica*. Lisboa, Sá da Costa Editora, 1983.

MONEGAL, Emir Rodríguez. *Borges: una biografía literaria*. México, Fondo de Cultura Económica, 1987.

_____. *Borges: uma poética da leitura*. São Paulo, Perspectiva, 1980.

PEREIRA, Maria Helena da Rocha. "Reflexos horacianos nas odes de Correia Garção e Fernando Pessoa (Ricardo Reis)". In *Temas clássicos na poesia portuguesa*. Lisboa, Editorial Verbo, 1972.

PERRONE-MOISÉS, Leyla. *Aquém do eu, além do outro*. São Paulo. Martins Fontes, 1990.

PESSOA, Fernando. *Álvaro de Campos: Livro de Versos*. Edição crítica. Org. de Teresa Rita Lopes. Lisboa, Editorial Estampa, 1993.

_____. *Livro do desassossego*. Org. de Richard Zenith. São Paulo, Companhia das Letras, 1999.

_____. *Obra em prosa*. Org. de Cleonice Berardinelli. Rio de Janeiro, Nova Aguilar, 1995.

_____. *Obra poética*. Org. de Maria Aliete Galhoz. Rio de Janeiro, Nova Aguilar, 1992.

_____. *Poemas de Ricardo Reis*. Edição crítica. Coord. de Luiz Fagundes Duarte. Lisboa, Imprensa Nacional/Casa da Moeda, 1994.

_____. *Poesia — Ricardo Reis*. Org. de Manuela Parreira da Silva. São Paulo, Companhia das Letras, 2000.

PIGLIA, Ricardo. "Ideología y ficción en Borges". In *Borges y la crítica. Antología*. Centro Editor de América Latina, 1981.

Literatura comparada, teoria literária e outros

ACHCAR, Francisco. *Lírica e lugar-comum*. São Paulo, EDUSP, 1994.

ADORNO, Theodor W. "Posição do narrador no romance contemporâneo". Trad. Modesto Carone. In *Pensadores* — Textos Escolhidos. São Paulo, Abril Cultural, 1980.

ALTER, Robert. "A mimese e o motivo para a ficção". In *Espelho crítico*. São Paulo, Perspectiva, 1998.

ARISTÓTELES. *Poética*. Trad. de Jaime Bruna. In *A poética clássica*. São Paulo, Cultrix, 1992.

AUERBACH, Eric. *Literary language and its public in late Latin antiquity and in the Middle Ages*. New Jersey, Princeton University Press, 1993.

_____. *Mimesis*. São Paulo, Perspectiva, 1994.

BAKHTIN, Mikhail. *Problemas da poética de Dostoievski*. Trad. Paulo Bezerra. Rio de Janeiro, Forense Universitária, 1997.

BAKHTIN, Mikhail. *Questões de literatura e estética: a teoria do romance*. Coord. de trad. Aurora Fornoni Bernardini. São Paulo, UNESP, 1993.

BARBOSA, João Alexandre. *A biblioteca imaginária*. São Paulo, Ateliê Editorial, 1996.

BENJAMIN, Walter. "O narrador". Trad. Sergio Paulo Rouanet. In *Obras Escolhidas — Magia e técnica, arte e política*. São Paulo, Brasiliense, 1993.

_____. *A origem do drama barroco alemão*. São Paulo, Brasiliense, 1984.

BOSI, Alfredo. "A estética de Benedetto Croce: um pensamento de distinções e mediações". In CROCE, Benedetto. *Breviário de estética/Aesthetica in nuce*. São Paulo, Ática, 1997.

_____. "O encontro dos tempos". In *O ser e o tempo da poesia*. São Paulo, Companhia das Letras, 2000.

CHAUI, Marilena. "Janelas da alma, espelho do mundo". In *O olhar*. São Paulo, Companhia das Letras, 1997.

CORTEZ, Alfredo. Tá Mar. In *Teatro completo*. Lisboa, Imprensa Nacional/Casa da Moeda, 1992.

CURTIUS, Ernst Robert. *Literatura européia e Idade Média latina*. Trad. Teodoro Cabral e Paulo Rónai. São Paulo, Edusp, 1996.

DELEUZE, Gilles. *Lógica do sentido*. Trad. Luiz Roberto Salinas Fortes. São Paulo, Perspectiva, 1998.

ECO, Umberto, *Interpretação e superinterpretação*. São Paulo, Martins Fontes, 1993.

_____. *Os limites da interpretação*. São Paulo, Perspectiva,1995.

EIKHENBAUM, Boris. "Sobre a teoria da prosa". In TOLEDO, Dionisio de Oliveira. *Teoria da literatura: formalistas russos*. Porto Alegre, Globo, 1978.

FREUD, Sigmund. *O estranho*. Rio de Janeiro, Imago (edição eletrônica em CD-ROM).

FRYE, Northrop. *Anatomia da crítica*. Trad. de Péricles Eugênio da Silva Ramos. São Paulo, Cultrix, s.d.

GINSBURG, Carlo. "Sinais: raízes de um paradigma indiciário". In *Mitos, emblemas, sinais*. São Paulo, Companhia das Letras, 2001.

HIRSCH JR., E. D. *Validity in interpretation*. New Haven, Yale University Press, 1967.

HORÁCIO, *Arte poética*. Trad. de Jaime Bruna. In *A poética clássica*. São Paulo, Cultrix, 1992.

ISER, Wolfgang. *O fictício e o imaginário*. Trad. de Johannes Kretschmer. Rio de Janeiro, Editora da Uerj, 1996.

JENNY, Laurent, "A estratégia da forma". In *Intertextualidades*. Coimbra, Livraria Almedina, 1979.

KERMODE, Frank. *The sense of an ending*. Nova York, Oxford University Press, 2000.

KRISTEVA, Julia. *Introdução à semanálise*. São Paulo, Perspectiva, 1974.

LÉVI-STRAUSS, Claude. Entrevista a Didier Eribon publicada no jornal *Le Nouvel Observateur* (10.10.2002).

LIMA, Luiz Costa. "O paradoxo em Kafka". In *Mímesis: desafio ao pensamento*. Rio de Janeiro, Civilização Brasileira, 2000.

_____. "Representação social e mimesis". In *Dispersa demanda*. Rio de Janeiro, Francisco Alves Editora, 1981.

LOPES, Óscar e SARAIVA, A. J. *História da literatura portuguesa*. Porto, Porto Editora, s.d.

LUKÁCS, Georg. *A teoria do romance*. Trad. de José Marcos Macedo. São Paulo, 34/Livraria Duas Cidades, 2000.

MANN, Thomas. *A montanha mágica*. Trad. de Herbert Caro. Rio de Janeiro, Nova Fronteira, 1980.

MAZZARI, Marcus Vinicius. *Romance de formação em perspectiva histórica*. São Paulo, Ateliê Editorial, 1999.

MELLO E SOUZA, Antonio Candido. "Timidez do romance". In *A educação pela noite e outros ensaios*. São Paulo, Ática, 1987.

MONTAIGNE, Michel de. *Ensaios*. Trad. de Sérgio Milliet. Vol. 3. Brasília, Editora da UnB/Hucitec, 1987.

NUNES, Benedito. *O tempo na narrativa*. São Paulo, Ática, 1995.

PERRONE-MOISÉS, Leyla. "Literatura comparada, intertexto e antropofagia". In *Flores da escrivaninha*. São Paulo, Companhia das Letras, 1990.

RICOEUR, Paul. *Tempo e narrativa*. Vol. 2 Papirus Editora, Campinas, 1994.

ROSENFELD, Anatol. *O teatro épico*. São Paulo, Perspectiva, 2000.

ROSSET, Clément. *O real e seu duplo*. Trad. de José Thomaz Brum. Porto Alegre, L&PM, 1998.

SÁBATO, Ernesto. *O escritor e seus fantasmas*. São Paulo, Companhia das Letras, 2003.

SARAIVA, Arnaldo. *Iniciação à literatura portuguesa*. São Paulo, Companhia das Letras, 1999.

SCHWARZ, Roberto. "Altos e baixos da atualidade de Brecht". In *Seqüências brasileiras*. São Paulo, Companhia das Letras, 1999.

SPITZER, Leo. "Development of a method". In *Representative essays*. Stanford (Califórnia), Stanford University Press, 1988.

VIEIRA, Antonio. *Sermões*. Tomo 2. Org. de Alcir Pécora. São Paulo, Hedra, 2001.

WILDE, Oscar. "A decadência da mentira". In *A decadência da mentira e outros ensaios*. Trad. de João do Rio. Rio de Janeiro, Imago, 1992.

Este livro, composto na fonte Fairfield
e paginado por Alves e Miranda Editorial,
foi impresso em pólen bold 90g na Imprensa da Fé.
São Paulo, Brasil, no inverno de 2004